AF591656

L'ABANDONNÉE

PAR

EVA JOUAN

Collection de Romans Populaires
BONNE PRESSE — 5, RUE BAYARD, PARIS

ABANDONNÉE

Par ÉVA JOUAN

PREMIÈRE PARTIE

INFORTUNES

CHAPITRE PREMIER

LA PETITE BIANCA

La foire de Pâques battait son plein à Lorient, la coquette petite ville si bien assise sur le Scorff et le Blavet. Sur la place d'Alsace-Lorraine les baraques se pressaient, nombreuses, entourées d'une foule joyeuse revêtue des couleurs claires et chatoyantes que le printemps fait éclore.

Boutiques de bonbons et de gâteaux, chevaux de bois et voiturettes emportant dans une course folle, aux sons d'une musique tintamarresque, fillettes et garçonnets ; voitures de diseuses de bonne aventure, baraques de faiseurs de tours, cages d'animaux féroces d'où sortaient parfois, avec une senteur de fauves, des clameurs sinistres... ; autant d'attirances pour le gai public de ces fêtes éphémères.

Tout était rayons, joies et parfums par cette belle journée de lundi de Pâques, et les cœurs semblaient battre gaiement à l'unisson sous l'espoir printanier.

Seule, une petite fille aux longues boucles d'un brun doré, aux grands yeux noirs, doux comme une caresse, ne paraissait pas s'unir à la joie générale.

Adossée, languissante, à une baraque de saltimbanque, dans sa courte jupe blanche pailletée, à la ceinture de soie pourpre, dont le corsage décolleté montrait son cou et ses bras graciles, elle semblait être bien loin de toute cette foule exubérante de gaieté. Son visage, d'une blancheur de cire, ressortait encore plus pâle sous le camélia rouge piqué dans les riches ondes de sa chevelure ; sa bouche mignonne, à peine rosée comme si le sang n'y circulait plus, se courbait sous la pensée amère, et ses petites mains pendaient, lassées, sur sa robe de gaze.

Elle pouvait avoir huit ans.

Pourquoi, à cet âge heureux où nul souci n'assombrit le front pur, pourquoi cette enfant était-elle ainsi blême et triste sur ces tréteaux où retentissent toujours les rires les plus bruyants ? Elle seule aurait pu le dire, si ses lèvres ne s'étaient serrées parfois comme pour ne pas laisser échapper son secret.

Soudain, elle tressaillit douloureusement en entendant une voix au timbre cassé crier :

— Bianca !...

La toile peinte, aux dessins grotesques représentant une troupe de singes et de chiens savants, s'écarta violemment, et un gros homme, au teint rouge, au cou apoplectique, vêtu d'un maillot couleur de chair agrémenté de fanfreluches rouges et bleues et de paillettes, fit irruption sur l'estrade.

— Bianca ! Est-ce ainsi que tu attireras le monde à la représentation ? dit-il en espagnol de cette même intonation enrouée. Prends ton tambourin, paresseuse, et prépare-toi à appuyer mes paroles, je vais commencer.

La fillette, comme galvanisée par l'apparition de cet homme, s'empara du tambourin aux grelots de cuivre, et s'apprêta à en tirer les sons assourdis qui devaient scander les phrases ampoulées du saltimbanque.

— Mesdames ! Messieurs !... c'est pour avoir l'honneur de vous annoncer une grande représentation, la dernière !... — un roulement de tambourin — que je me présente devant vous.

Second roulement, mais tellement affaibli, que le gros homme se tourna vers l'enfant :

— Qu'est-ce à dire, petite chipie ? dit-il d'un air irrité.

— Je suis si lasse, maître !...

Et la voix mourante de la petite Bianca eût attendri un tigre.

Hélas ! rien ne pouvait émotionner Marcello Capulto, le fier Espagnol qui prétendait descendre d'une noble famille andalouse.

— Redresse-toi ! ou gare aux coups !

Et le boniment se continua, et aussi les battements fébriles du tambourin, dont les grelots, faiblement secoués, avaient un bruit de plaintes.

Le noble hidalgo énuméra toutes les attractions contenues dans sa baraque : coqs ardents à la bataille, singes et chiens passant au travers des cerceaux et jouant à ravir la plus intéressante des pantomimes, servis par le clown

Carlo, le plus désopilant des pitres, et enfin la merveille des merveilles, Bianca, la plus charmante enfant de l'Espagne, exécutant, toujours avec l'aide de Carlo, des tours stupéfiants.

Un énergique roulement du tambour du petit clown vint en aide au faible tambourin de la fillette, et couronna le boniment du senor Marcello Capulto.

Quelques badauds s'étaient arrêtés au bas des tréteaux, et attirés, les uns par la verve du saltimbanque, les autres, plus nombreux, par la pâle et ravissante figure de Bianca, ils entrèrent sous la tente.

Une grande femme brune, aux beaux yeux noirs, où passait une lueur de bonté, était assise au contrôle et recevait l'argent en donnant un billet blanc ou jaune en échange.

Lorsque Bianca passa près d'elle, en se traînant presque, comme une petite victime qui a revêtu la robe de fête pour se rendre au sacrifice, elle l'arrêta d'un geste caressant, puis effleurant son front d'un chaud baiser :

— Tu souffres, ma Bianca ? demanda-t-elle d'une voix tendre.

— Oui, mère !...

Mais il ne fallait pas s'attarder, car Marcello reparut, l'air revêche, et les interpellant :

— Que dis-tu encore à cette paresseuse, Juana ? Tu sais bien que, pour ne pas travailler, elle affecte d'être malade. Allons, Bianca, viens faire manœuvrer les singes.

La femme du saltimbanque poussa un soupir, et deux larmes coulèrent sur les joues exsangues de l'enfant.

— Je croyais que Carlo devait s'en occuper comme toujours ! balbutia la fillette avec crainte.

— Oui, mais aujourd'hui tout le monde te réclame. C'est toi qu'on désire, aussi cesse tes simagrées. Tiens, écoute !

— Bianca !... Bianca !... Bianca !... répétaient des voix impatientes.

Et l'infortunée Bianca dut entrer dans la salle enfumée par les lampes à pétrole.

Un tonnerre d'applaudissements salua sa venue, et Marcello, avec son sourire le plus faux, s'inclina à droite et à gauche, en disant à la triste martyre, qu'il brutalisait un instant avant :

— Commence tes exercices, ma chérie.

Bianca, se raidissant sous la douleur qui l'oppressait et courbant ses frêles épaules, fit exécuter aux affreux singes toutes sortes de tours et de grimaces.

A bout de force, sous l'anémie qui la dévorait depuis de longs mois, elle se glissa vers la sortie, les exercices terminés, sans paraître se soucier des bravos enthousiastes que suscitaient sa joliesse et son air de souffrance.

Elle vint se pelotonner dans les jupes de la femme que le saltimbanque avait appelée Juana, et appuyant sa tête lasse sur ses genoux, elle la regarda de ses grands yeux noirs où se montrait une tristesse infinie, angoissante dans un regard d'enfant.

— Ma pauvre bien-aimée ! dit Juana. Repose-toi.

Puis, prenant un flacon dans le tiroir de la table qui lui servait de bureau, elle le déboucha, et remplit un verre.

— Tiens, bois, reprit-elle ; ce vin doux te fera du bien.

La fillette eut une moue de dégoût.

— Je t'en prie, ma Bianca ! Tu vas avoir besoin de force pour continuer tes exercices.

Le petite fille prit le verre, but une gorgée du liquide, puis le repoussa.

— Je ne puis !... fit-elle. Je voudrais dormir.

Et ses longues paupières se baissèrent, fatiguées de lutter contre le sommeil.

— Il ne le faut pas, Bianca ! s'écria Juana avec terreur. Le maître va t'appeler !

En effet, Marcello parut sous le rideau, et dit, en essayant de se rendre aimable :

— Il est l'heure, Bianca !

Et l'enfant dut se lever encore pour faire la quête, et exécuter ensuite des tours d'adresse à l'aide du trapèze et des anneaux.

Au dernier exercice, qui consistait à se suspendre au trapèze par les mains et les pieds, le vertige la saisit, ses doigts se détendirent, et elle tomba sur le sable de l'arène avec un grand cri d'affolement et de douleur.

Marcello s'empressa de la relever et de la faire disparaître dans la voiture qui faisait suite à la baraque, puis il revint vers les spectateurs qui attendaient, anxieux.

— Mesdames et Messieurs, dit-il, l'enfant en a été quitte pour la peur. Vous pouvez vous retirer sans crainte, Bianca pourra prendre part à la grande représentation de ce soir.

*

Dès que le cri d'angoisse de Bianca eut retenti dans la salle, Juana s'était précipitée vers la roulotte où Marcello avait déposé la petite blessée. Elle la trouva pâle et inanimée sur son petit lit, son délicat visage teinté de rose par le sang qui s'échappait en mince filet du front fendu.

— Pauvre chérie ! s'exclama l'excellente femme en embrassant la petite main qui pendait inerte sur la couverture.

Avec un mélange d'eau et de vinaigre elle se mit à bassiner doucement le front et les tempes de l'enfant.

Sous ce contact glacé, Bianca ouvrit ses grands yeux sombres, et une flamme y passa à la vue de celle qu'elle nommait sa mère.

— Où souffres-tu, mignonne ?

— Là !

Et la fillette porta la main à son front.

Juana lui entoura la tête d'une bande de toile trempée dans de l'arnica.

— N'éprouves-tu pas d'autres douleurs ? Remues-tu bien tes membres ?

Et la jeune femme fit mouvoir avec précaution les bras et les jambes de la blessée.

— Non, reprit-elle, rien n'est cassé, heureusement.

Je vais te déshabiller et te coucher, tu as surtout besoin de repos.

— Oui, je voudrais dormir !... balbutia Bianca.

— Dormir, toujours dormir ! murmura la mère. C'est un mauvais signe, cela ! Et dire que Marcello ne veut pas faire appeler le médecin !...

Bientôt l'enfant reposait entre des draps bien blancs.

La chambre de la roulotte était très simple, mais d'une propreté extrême.

Juana rangea les vêtements de la malade et disparut dans la cuisine, afin de lui faire chauffer un peu de lait.

Quelques instants plus tard, elle l'apportait à Bianca, mais le sommeil l'avait arrachée pour quelque temps aux souffrances de la vie.

A ce moment, Marcello entra dans la roulotte.

— Eh bien ? interrogea-t-il.

— L'enfant repose, répondit la jeune femme. Elle n'a rien de cassé, Dieu merci ! Son accident se bornera à cette écorchure du front.

— La couche de sable était épaisse, fit l'homme, la chute en a été amortie.

— Heureusement, dit Juana. La pauvre petite est assez malade sans avoir encore à souffrir d'un membre luxé.

— Allons, tu trouveras toujours le moyen de la plaindre, cette pimbêche ! Elle en abuse ensuite pour faire la mijaurée et ne plus vouloir travailler. Si cela continue, ajouta Marcello, je l'abandonnerai comme elle l'a déjà été.

— L'a-t-elle jamais été ? murmura Juana.

— Que dis-tu ?

Elle se redressa, vaillante, prête à la lutte pour la petite qu'elle aimait comme sienne.

— Je me demande si tu ne l'as pas volée !

Marcello eut un geste de menace.

— Tu es folle ! Ne t'ai-je pas raconté cent fois que j'avais trouvé cette petite drôlesse qui suscite aujourd'hui des querelles entre nous — ah ! si je l'avais prévu ! — au pied d'une croix, et que je te l'avais apportée, à toi qui te plaignais amèrement de n'avoir pas d'enfant.

— Quand on délaisse son petit, c'est qu'on est bien malheureux, Marcello, et les vêtements de Bianca indiquaient l'opulence.

— Il y a des riches qui, pour des motifs souvent honteux, ou une question d'héritage, peuvent faire disparaître un être gênant.

— Lorsque l'on en arrive à cette extrémité, on démarque le linge, et celui de celle que tu as nommée Bianca était brodé d'un M et d'un P. De plus, une...

Mais Juana s'arrêta net et se mordit les lèvres.

— Pourquoi n'as-tu pas fait toutes ces réflexions lorsque je t'ai apporté la petite fille ? Tu l'as acceptée comme un joli joujou, sans paraître te soucier beaucoup où je l'avais prise.

— Parce que je t'aimais à cette époque ; je croyais en toi de toute mon âme et je n'aurais pas voulu te faire l'injure d'un doute.

— Aujourd'hui tu ne crains pas de me la jeter en pleine face, cette injure ! Mais prends garde, Juana, prends garde !...

Et le saltimbanque sortit de la roulotte.

Quand Juana se trouva seule, elle se jeta, accablée, sur un siège, et, soutenant de la main sa tête aux amères pensées, elle songea.

Les ressouvenirs devaient être navrants, car des larmes jaillirent et filtrèrent bientôt à travers ses doigts.

Son père, M. Castro, riche vigneron de la province d'Alicante, l'avait élevée comme une senora. Toute jeune encore, elle avait perdu sa mère, et la tendresse de son père et de ses deux frères, beaucoup plus âgés qu'elle, s'était reportée sur elle.

Malgré le sentiment de tristesse laissée au foyer par la place vide de l'épouse, la famille vécut heureuse, dans une large aisance, jusqu'à la venue de Marcello Capulto.

Il n'avait pas à cette époque l'allure grotesque qu'un embonpoint prodigieux lui donna depuis. C'était un beau jeune homme aux splendides yeux noirs, aux cheveux bouclés aussi brillants que l'aile du corbeau.

Il se fit aimer de Juana et l'épousa, malgré le mécontentement de son père que cet inconnu, qui se disait cependant le cadet d'une grande famille, effrayait pour le bonheur de cette fille unique et tant chérie.

La jeune femme, follement éprise, n'avait pas voulu écouter les sages avis, et elle était partie, radieuse, au bras de l'époux de son choix.

Hélas ! elle n'avait pas été longue à reconnaître son erreur !

Ils vécurent d'abord du produit de la dot magnifique que M. Castro avait donnée à sa fille, puis ce fut la gêne, et la chute dans une baraque de saltimbanques. Car le noble Capulto aurait été incapable de remplir aucun emploi.

Il avait acheté la roulotte et les animaux avec leurs dernières ressources, et depuis il allait, un peu à l'aventure, se plaisant maintenant à ce métier qui écœurait sa femme. Une somme assez forte provenant de l'héritage de M. Castro les aidait à vivre quand les recettes venaient à baisser.

Mais un immense dégoût avait remplacé dans le cœur de Juana l'amour d'autrefois, et amères, oh ! bien amères étaient les larmes de la jeune femme !

Et c'était plutôt sur le sort de la pauvre enfant qu'elle pleurait, car pour elle il n'y avait plus de doute, Marcello l'avait volée.

La malheureuse Juana songeait avec pitié et remords à la douleur des parents de la ravissante petite créature qui se mourait près d'elle sous la rancœur de cette profession si offensante pour sa fierté.

Quand son mari lui avait apporté la petite fille en lui racontant cette histoire d'abandon, elle avait trouvé une médaille d'or suspendue à son cou par une chaîne du même métal. Cette médaille portait ces mots gravés sur l'une de ses faces : Mireille, baptisée le 27 juin 18..., et sur l'autre deux mignonnes clochettes semblant sonner à toutes volées, avec, au-dessus, de jolies têtes d'anges.

Par un sentiment incompréhensible à cette époque, puisqu'elle croyait encore en son mari, Juana cacha ce bijou. Et moins que jamais à cette heure elle aurait voulu en divulguer le secret.

Elle se reprochait amèrement, aujourd'hui qu'elle avait pu lire dans l'âme de Marcello, elle se reprochait d'avoir cru à cette fable de l'abandon. Si elle n'avait pas accepté cette enfant comme sienne, si elle avait profité de l'empire exercé sur son mari pour le forcer à lui dire la vérité, elle aurait pu réparer peut-être la faute immense.

Il était trop tard, Marcello ne parlerait pas.

Et c'était pour lui plaire qu'il avait enlevé ce petit être à l'amour des siens : elle se plaignait de n'avoir pas d'enfant après plusieurs années de mariage, et pour combler ce vide de son cœur il avait commis le crime. Aussi se jugeait-elle coupable autant que lui.

Elle éclata en sanglots, et se traînant vers le lit où dormait d'un sommeil fiévreux leur pauvre petite victime, elle s'agenouilla en s'écriant :

— O chérie ! toi que nous avons enlevée à une atmosphère de luxe pour te plonger dans la plus atroce des existences, me pardonneras-tu jamais !... Je t'aime autant que t'aurait aimée la plus tendre des mères, mais que puis-je pour toi ? Comment t'arracher à ce milieu dégradant dans lequel tu languis, douce fleur, à qui il fallait pour vivre la joie et les caresses ? Je puis te prodiguer ces dernières, mais le bonheur ne sera jamais ton partage. O Dieu ! que j'ai si cruellement offensé, depuis cette fatale union, venez à mon aide, je vous en supplie à mains jointes !...

Et ses doigts frémissants se tendaient vers le ciel.

Ces plaintes d'une voix aimée tirèrent l'enfant de sa torpeur ; elle ouvrit ses beaux yeux languissants.

— Mère !... balbutia-t-elle.

La porte s'ouvrit et Marcello entra.

— Ah ! je vois que notre petite est mieux ! dit-il d'un air aimable. Comme je veux la laisser se remettre complètement, ajouta-t-il, je viens d'engager Zénia, une petite gymnaste de douze ans. Elle ne veut pas rester chez son directeur avec qui elle a eu un différend. Elle ne sera pas aussi gentille que toi, Bianca, mais elle est pleine de santé et de vie, celle-là !

Juana et la petite fille se regardèrent, aussi étonnées l'une que l'autre de ce changement d'humeur du maître toujours redouté, mais elles ne le laissèrent pas voir.

Juana, pour récompenser son mari de ce sentiment d'humanité, lui sourit.

Il en fut tellement ému que ses grosses mains tremblèrent en serrant celles de sa femme.

— Tu verras, Juana, dit-il, nous serons encore heureux.

CHAPITRE II

L'ABANDON

Les représentations se continuèrent le soir et les jours suivants dans la baraque de Marcello.

Zénia remplaçait Bianca très avantageusement, car elle montrait de merveilleuses aptitudes pour ces exercices qu'elle aimait ; elle y avait acquis une adresse, un brio sans pareils.

C'était une gentille fillette aux cheveux roux, aux grands yeux verts. Russe d'origine, elle avait été vendue par son beau-père à un directeur de cirque, sa mère n'étant plus là pour la protéger. Depuis deux ans elle s'était enfuie de chez ce premier maître qui la battait sans pitié. Sa gentillesse et son savoir lui avaient fait trouver de suite une bonne place.

Éblouie par les propositions de Marcello, elle venait de quitter son emploi et de signer un engagement de trois ans avec ce nouveau maître.

Le saltimbanque n'avait pas tout dit : ce n'était pas simplement pour laisser Bianca se reposer qu'il avait engagé Zénia, mais bien pour la remplacer. Il était décidé à abandonner la malheureuse petite créature qui, seule, lui enlevait l'affection de sa femme.

— Juana m'a aimé, se disait-il, elle m'aimera encore quand cette petite misérable qui me vole sa tendresse ne sera plus entre nous.

Mme Capulto, qui ne se doutait pas de cette perfidie, se montrait aimable envers son mari, puisqu'il consentait à lui laisser pleins droits sur l'enfant de son remords.

Elle avait sorti de sa cachette la médaille du baptême, et l'avait suspendue au cou frêle de Bianca, maintenant qu'elle ne craignait plus les regards de Marcello.

La petite fille, en effet, ne s'habillait plus en robe décolletée, puisque Zénia la remplaçait ; le pieux emblème se dissimulait facilement sous sa guimpe montante. Elle l'avait reçue avec joie, et déchiffrant le nom qui s'y trouvait gravé :

— Est-ce aussi le mien ?

— Oui, ma chérie.

— Mireille !... avait-elle murmuré, rêveuse.

— Oh ! si cette médaille pouvait la guérir, lui rendre ses forces et son sourire ! se disait la jeune femme, en joignant ses doigts avec ferveur.

Toute la piété de son enfance écoulée aux côtés d'un père vraiment chrétien lui revenait aujourd'hui, et c'est avec tout son cœur qu'elle priait Dieu soir et matin de daigner abaisser ses regards sur son infortune. Mais toujours le souvenir dévorant de sa participation au crime arrêtait l'aveu sur ses lèvres, quand, dans l'ombre de l'église, où elle se rendait chaque dimanche avec Bianca, elle voyait le tribunal où le prêtre juge, absout et console.

La foire étant terminée, tous les forains faisaient leurs préparatifs de départ.

La baraque de Marcello fut démontée et placée sur la roulotte.

— Où nous dirigerons-nous ? lui avait demandé sa femme.

— Vers l'Allemagne, avait-il répondu laconiquement.

Les deux enfants s'entendaient à merveille. La folle gaieté de Zénia amusait la petite Bianca. Elle avait eu si peu l'occasion de rire, la pauvrette, malgré les rôles forcés où un sourire de commande détendait ses lèvres pâlies, qu'elle s'épanouissait dans cette atmosphère plus clémente, comme un frêle bouton de rose qui, torturé d'abord par un vent violent, s'entr'ouvre enfin sous le soleil et le calme revenus.

Marcello, en effet, pour mieux endormir la confiance de sa femme, était d'une bonté presque paternelle pour la petite fille.

Le jour du départ arriva.

Avant le dernier repas que l'on prit vers midi, dans la roulotte, Marcello avait versé adroitement quelques gouttes d'un liquide dans les verres de Juana et des trois enfants. Le misérable voulait les endormir, afin de mettre son infâme projet à exécution sans être entravé par les larmes des deux pauvres créatures et la curiosité maligne de Zénia et du clown. Et en effet, avant que les derniers préparatifs fussent terminés, Juana, sa fille adoptive et les gymnastes dormaient sur leurs sièges.

— En route ! s'écria le saltimbanque, vers 4 heures.

Il avait fermé toutes les fenêtres, afin qu'aucun œil indiscret ne pût rien distinguer à l'intérieur.

Et la lourde roulotte s'ébranla, sous les efforts courageux de Pierrot, le petit cheval blanc, qu'un repos de dix jours avait rendu vaillant.

A quelque distance de la petite ville, Marcello avisa un carrefour. Comme sur tous les chemins bretons, une croix élevée sur un piédestal aux marches de pierre en marquait l'un des angles.

— Je l'ai trouvée au pied d'une croix, je l'abandonne sous le même signe, ricana le bandit. Qu'il lui soit propice !

Il plongea son regard d'oiseau de proie tout autour de lui et ne vit rien de suspect. Il arrêta sa voiture, prit la petite malade entre ses bras et l'enveloppa d'une mante ; il lui en rabattit le capuchon sur la tête et la descendit du véhicule sans qu'elle eût fait un mouvement.

— Celle-là dort bien, fit-il, et les autres aussi : la chance est pour moi.

Sans une émotion, sans que ses gros yeux striés de sang comme ceux d'un loup fussent traversés par une lueur attendrie, il déposa la malheureuse petite sur la pierre dure, et remonta froidement en voiture, sans un dernier regard vers sa victime ni vers le Christ qui étendait maintenant ses bras miséricordieux sur l'abandonnée.

— Allons, Pierrot !... fit-il en faisant claquer son fouet.

Mais à peine se fut-il éloigné de quelques mètres que la porte de la roulotte s'ouvrit violemment, et une main se posa, pesante, sur son épaule. Il se retourna : Juana, les yeux étincelants, pâle, d'un émoi extrême, était devant lui.

— Où est Bianca, misérable ? balbutia-t-elle, en faisant des efforts pour lutter contre cette envie de sommeil qui la dominait encore.

Pour toute réponse, il allongea au cheval un maître coup de fouet qui lui fit prendre le galop. Mais la jeune femme, avec une force décuplée par son désespoir, saisit les rênes et l'arrêta net.

— Réponds, bandit, où je te dénonce !

Marcello eut peur.

— La paix, femme ! dit-il. Cette enfant était un sujet de trouble entre nous, je l'ai jetée sur la route, comme je l'y ai trouvée un jour.

— Infâme ! menteur ! clama Juana. Retourne la chercher, ou, je te le jure, je me rends à la gendarmerie et je déclare tout.

La fureur et la douleur qui l'animaient avaient complètement vaincu le narcotique, elle était parfaitement maîtresse d'elle-même.

Le saltimbanque vit bien qu'il fallait compter avec elle. Il regarda encore à droite et à gauche, et aperçut à travers les arbres un petit groupe formé par deux enfants qu'une femme, leur mère sans doute, roulait dans une petite voiture.

— Ne te désole pas, Juana, dit-il ; vois cette personne qui se dirige vers la croix, elle va sans doute recueillir Bianca. Que pouvais-tu lui donner ? La médiocrité, et un métier qu'elle n'aime pas, qu'elle n'aimera jamais !... Alors que regrettes-tu pour elle ?

— Descendons, suivons cette femme, et si elle semble s'occuper de la pauvre enfant que tu sacrifies à ta jalousie, j'accepterai ce qui est fait. Que puis-je, en effet, pour elle !...

— Mais tu veux donc nous faire prendre !...

— J'ai dit ! Obéis, sinon je te dénonce.

Marcello haussa ses grosses épaules, puis, poussant sa roulotte sous une futaie épaisse où elle risquait moins d'être aperçue, il en descendit avec sa femme.

Dans l'intérieur, rien ne bougeait ; la fillette et le clown dormaient profondément.

Comme deux coupables, ils se traînèrent d'arbre en arbre, afin de se mieux dissimuler, et arrivèrent bientôt à une certaine distance du calvaire : de là ils pouvaient voir, sinon entendre, tout ce qui allait se passer.

La femme s'avançait rapidement vers la croix. Elle paraissait jeune et portait avec distinction le costume si coquet des paysannes des environs de Lorient : la petite coiffe brodée, la robe droite, au corsage et à la longue jupe ornés de larges velours, le col de mousseline blanche et le grand tablier à piécette.

Les enfants, une fille et un garçon, semblaient avoir de quatre à six ans.

Elle s'arrêta près de la croix, et, quittant la voiturette, elle s'approcha de l'abandonnée, toujours enveloppée dans sa longue cape.

— Tu vois, Juana, la petite va être recueillie. Viens maintenant.

— Non ! Je demande plus encore : je veux qu'elle la relève, je veux entendre ce qu'elle lui dit.

Un air attendri sur sa douce physionomie aux grands yeux bleus et tendres, à la bouche fraîche, la jeune paysanne soulevait l'enfant et disait d'une voix caressante :

— Pauvre chérie ! comme elle est pâle ! Elle semble bien souffrante. Mais pourquoi ce sommeil profond ? Si je ne sentais pas la tiédeur de son petit corps et les battements de son cœur, je la croirais morte. Ouvre les yeux, petite mignonne, et dis-moi qui t'a laissée au pied de cette croix comme un pauvre oiselet tombé du nid ?

Et elle l'embrassa.

Sous cette caresse, Bianca ouvrit les yeux, mais les referma, comme effrayée.

— N'aie pas peur, ma jolie, reprit la jeune femme. Si quelque méchant t'a abandonnée, je te prends, moi, tu deviendras la sœur de mes petits.

L'enfant était retombée dans son lourd sommeil.

— On a dû lui faire prendre un narcotique pour l'endormir afin de mieux la perdre. Quels misérables ont pu commettre un crime aussi affreux ? Oh ! Dieu les punira ! s'écria la jeune mère.

Juana étouffa un sanglot.

La paysanne reprit son monologue.

— Ces baraques de forains étaient nombreuses sur la place d'Alsace-Lorraine pendant la foire ! Mais leurs enfants n'ont pas ces vêtements presque élégants, ils sont plutôt déguenillés. Qui me dira le secret de cet abandon ?... Qu'importe ! reprit-elle ; il y a là une pauvre innocente à sauver, je m'en charge ; je sais que Pierre ne me blâmera pas. Tu étais sous la protection de ton Père céleste, pauvre petite. Il m'envoie vers toi, je t'accepte.

Et, embrassant de nouveau Bianca, elle la porta jusqu'à la voiture où elle l'installa à la place de sa petite fille Marie.

Le petit groupe, augmenté de la pauvre épave jetée par un monstre à la merci de la route, se perdit bientôt dans la verdure des arbres.

Juana, qui les avait suivis longtemps de ses yeux aux larmes soudain taries, se jeta alors sur l'herbe et se livra à toute sa douleur. De longs sanglots secouaient son corps, des pleurs abondants coulaient sur ses joues qu'une fièvre ardente enflammait.

— Viens, mon amie, dit Marcello ; tu es rassurée maintenant sur le sort de ta protégée. Cette paysanne a l'air bon et aisé ; elle la gardera et l'aimera, sois-en sûre.

— Mais moi je ne l'aurai plus ! sanglota-t-elle. O ma seule affection ! mon seul amour ! te perdre à jamais !...

Le saltimbanque se mordit les lèvres jusqu'au sang, sous la colère qui l'animait, mais il se contint pour ne pas affoler davantage sa première victime.

— Viens, répéta-t-il, le temps presse !

Il lui prit le bras, et elle marcha près de lui, résignée, après un dernier regard au divin Crucifié qui étendait toujours au-dessus des aubépines neigeuses ses mains pleines de grâces pour ceux qui se repentent.

— Mon Dieu ! s'écria-t-elle, pitié ! pitié !

*

Celle qui pratiquait si simplement cette belle vertu chrétienne que l'on nomme la charité s'appelait Louise Kerlan. Elle était la femme d'un contremaître, employé aux chantiers de Lorient à la construction de ces immenses cuirassés qui sont l'orgueil de notre marine.

Pierre Kerlan était un brun aux yeux noirs pleins de flamme et d'intelligence. Travailleur intrépide, il n'avait en vue que le bonheur de sa femme et de ses enfants. Son seul plaisir était de les rejoindre, la journée de labeur terminée, et c'est avec une joie sans mélange qu'il entrait dans le logis si gentiment arrangé par Louise. Dans cette communauté d'esprit et de sentiment, ils ne pouvaient que retenir le bonheur sous leur toit hospitalier, où jamais un malheureux n'avait frappé en vain. Et il y était si bien, en effet, que cette phrase était passée en proverbe à Kerentrech : heureux comme les Kerlan.

La jeune femme avait pris un chemin détourné pour regagner sa demeure. Nullement désireuse de divulguer si tôt sa généreuse action, elle évitait d'être rencontrée par quelque bavarde qui l'aurait bientôt racontée à tous.

Elle parvint à son logis sans une ennuyeuse rencontre, et se hâta de coucher la malade qui dormait encore.

La digne femme remarqua que le linge de l'enfant était fin, orné de dentelles et marqué des deux lettres B C, et son cou était entouré d'une chaînette d'or. Elle se baissa, intéressée par ce scintillement qui pouvait être un indice de plus, et attira la chaîne doucement à elle. Bientôt elle lisait sur la large médaille d'or aux jolies têtes d'anges : *Mireille, baptisée le 27 juin 18...*

— Mireille ! elle se nomme Mireille ! murmura-t-elle en se relevant, le front soudain soucieux. Alors pourquoi ce B sur son linge ? Cette superbe médaille me prouve bien que cette enfant appartient à une famille riche. Ce n'est donc pas la misère qui a été la cause de son abandon ? Je comprends moins que jamais, et je ne veux plus y penser ; l'essentiel est que la petite soit bien couchée ici ce soir : plus tard nous aviserons.

Kerlan ne tarda pas à rentrer. Sans lui laisser le temps d'exprimer son étonnement devant le spectacle inattendu qui s'offrait à ses yeux, Louise lui dit :

— Une bonne action à faire, mon Pierre. J'ai trouvé cette petite abandonnée au pied de la croix des quatre chemins, et je l'ai apportée ici.

— Tu as bien fait, Louisette ! répondit Kerlan avec chaleur.

— Si ses parents ne se retrouvent pas, consentiras-tu à l'adopter, mon ami ?

Et la voix de la jeune femme se fit plus tendre encore.

— En aurais-tu douté, ma chérie ?

Et il lui tendit sa main loyale.

Ils s'étreignirent, ayant aux lèvres un bon sourire et dans les yeux des larmes attendries.

Louise raconta toute la scène de la rencontre, le linge marqué, la découverte de la médaille, tandis que Mireille, subissant toujours l'influence du narcotique, restait assoupie.

Le lendemain, M. Kerlan partit dès l'aurore pour son travail, après avoir embrassé ses enfants dormant encore. Il baisa aussi la petite main de l'abandonnée qui pendait, frêle et blanche ainsi qu'une cire, le long de sa couche.

— Dès qu'elle sera réveillée, questionne-la, Louise, dit-il. Ses explications nous mettront peut-être sur la trace de ses parents. A mon retour, nous verrons à prévenir le maire.

Mais Mme Kerlan ne put rien savoir ce jour-là, et les brèves explications qu'elle réussit à obtenir ne révélèrent pas le mystère de Mireille.

Kerlan, le soir, ne fut pas plus heureux, et comme Louise, il se heurta au même mutisme étrange.

— Attendons quelques jours, se dit-il, lorsqu'elle se trouvera plus forte, nous essayerons encore de percer ce mystère.

*

Quatre jours s'écoulèrent sans amener de changement dans l'attitude de celle qui s'était appelée Bianca et répondait maintenant au nom de Mireille.

C'était la même lassitude qui la retenait sur le lit de Marie, mangeant à peine, dormant presque toujours. C'était aussi le même silence gardé sur tout ce qui s'était passé avant son entrée dans l'hospitalière demeure. Aussi on ne l'interrogeait plus.

La curiosité était éveillée dans Kerentrech sur cette trouvaille, car les enfants avaient parlé, et souvent Louise devait répondre aux plus hardies de ses voisines qui ne craignaient pas de forcer sa porte pour voir la petite fille. M. Kerlan, cependant, n'avait pas cru devoir avertir le maire ou la police, il avait seulement prévenu le médecin, M. Conlau.

C'était un bon et savant vieillard, secourable à tous et puissamment aidé dans sa noble mission par une compagne dont le cœur était aussi parfait que le sien. Quand il arriva chez les Kerlan, le contremaître lui raconta tout ce qui s'était passé depuis le passage de sa femme au carrefour, sans oublier de relater le mutisme incompréhensible de l'enfant.

— Tout dans cette aventure est étrange ! murmura le médecin rêveur. Que cache le silence de cette petite ? Avez-vous prévenu la police ? ajouta-t-il.

— Non, docteur ; nous avons cru devoir attendre la complète guérison de Mireille, pensant qu'elle se déciderait enfin à parler.

— Et pendant ce temps les misérables qui l'ont jetée sur le chemin sont sans doute à l'abri des poursuites, s'écria M. Conlau avec humeur. Vous avez agi bien légèrement, Kerlan, laissez-moi vous le dire.

— Que pouvions-nous faire, puisqu'elle ne voulait rien nous avouer?

— Il fallait l'y forcer.

— Lorsque vous l'aurez vue, docteur, vous reconnaîtrez qu'il était impossible de lui imposer une volonté dans l'état de faiblesse où elle se trouve.

A la pensée de ce mal qu'il allait essayer de guérir, le vieillard se radoucit.

— Vous pouviez aller à la mairie faire votre déclaration ; on aurait pu mettre au moins une note dans les journaux avec tous les détails que vous connaissez déjà.

— Cela est vrai ! fit M. Kerlan avec regret. Mais il en est encore temps ; demain je me rendrai chez le maire.

Le médecin se pencha sur le petit lit, et, prenant la main de Mireille, qui le regardait, une inquiétude dans ses grands yeux, comme un pauvre être trop souvent battu par le destin qui redoute toujours l'inconnu, il lui dit de sa bonne voix de grand-père :

— Nous sommes un peu fatiguée, petite fille ?

Cet accent de bonté, ce regard empreint de la plus grande bienveillance rassurèrent complètement la pauvrette qui eut un pâle sourire.

Le docteur l'ausculta soigneusement, puis, avec un rire cordial :

— Cela ne sera rien, mignonne ; un peu de repos, une bonne nourriture bien réglée, et nous courrons bientôt avec Marie dans le jardin.

Puis prenant à part les deux époux :

— Eh bien ! mes amis, votre petite protégée a une anémie profonde, qu'il est temps de combattre.

— On la sauvera ? ajouta Louise avec crainte.

— Oui, rassurez-vous. Mais le traitement doit être prompt et énergique, si l'on veut y arriver. Et ce n'est pas ici qu'il peut être appliqué à l'enfant.

Les deux époux se regardèrent, atterrés.

M. Conlau se taisait, cherchant une solution à ce problème. Soudain son regard s'éclaira :

— Je vais aller raconter notre ennui à Mlles de Montscorff, s'écria-t-il, et je suis sûr qu'elles nous aideront.

Et devant l'air interrogatif de Louise et de son mari :

— Ces demoiselles habitent une belle propriété située sur les bords du Scorff, expliqua-t-il ; de grands arbres entourent la demeure ; l'air y est sain et très propice à la cure que nous allons tenter.

— Croyez-vous que ces dames y consentent ? demanda le contremaître.

— Oui ; elles ont autant de noblesse de cœur que vous, mes chers amis, et elles accepteront de prendre leur part de cette bonne œuvre. Cette après-midi je me rendrai aux *Magnolias*, ainsi se nomme le domaine, et demain je viendrai prendre notre malade.

— La quitter déjà ! murmura la jeune femme. Je commençais à m'attacher à cette pauvre fillette.

— Vous pourrez aller la voir chez ces dames, et dès qu'elle sera guérie, vous la reprendrez.

— Et si Mlles de Montscorff voulaient la garder ?

— Je ne le crois pas. Mlle Irène est déjà âgée, elle ne prendrait pas la responsabilité d'élever une petite inconnue. Puis elle ne voudrait pas vous enlever l'enfant de votre adoption.

Non sans regret, Louise se soumit, et le docteur annonça que le lendemain il viendrait prendre Mireille et demander à Mme Kerlan de l'accompagner chez les demoiselles de Montscorff.

— Maintenant, Kerlan, nous allons nous rendre chez le maire et libeller ensemble cette note qui paraîtra dans les journaux du département et ceux de Paris, puis nous attendrons les événements.

Le maire, M. Monrin, les reçut lui-même et les fit entrer dans son cabinet. Il connaissait le médecin et le jeune contremaître et avait su les apprécier.

— Je vous attendais, Monsieur Kerlan, dit-il ; j'avais appris par la rumeur publique la belle action de votre femme...

— Action bien naturelle, Monsieur le maire, répondit Pierre vivement. Qui donc aurait eu le cœur assez dur pour laisser cette enfant mourir sur la pierre froide !

— On l'aurait peut-être relevée, dit le docteur, mais pour la porter au poste de police.

— Et vous voulez l'adopter ? interrogea M. Monrin.

— Oui, Monsieur.

— Et pourtant vous avez deux enfants !

— On travaillera un peu plus, voilà tout.

Et le contremaître eut un éclat de rire joyeux.

Il mit le maire au courant de tout, et une petite note fut rédigée.

CHAPITRE III

MESDEMOISELLES DE MONTSCORFF

De la famille de Montscorff, une des plus anciennes et des plus chevaleresques de la noblesse bretonne, qui avait donné à la France tant de chefs intrépides, d'illustres capitaines, de prêtres austères, de mères dévouées, de pieuses chanoinesses, il ne restait que deux femmes, Irène et Paule de Montscorff, qui cachaient leur isolement sous les ombrages discrets de l'ancien domaine, bien amoindri, et que l'on appelait les *Magnolias.*

Leur père, un commandant distingué, mourut, jeune encore, et sa veuve se réfugia avec ses enfants dans cette pittoresque retraite des bords du Scorff, mais elle ne tarda pas à le suivre dans le mausolée familial.

Un domestique, une femme de chambre et une cuisinière suffisaient aujourd'hui au train de maison des descendantes de cette famille aux illustres alliés.

Mlle Irène avait une cinquantaine d'années. Elle n'avait jamais été jolie, avec ses traits forts et anguleux, mais son maintien était très aristocratique, et elle aurait bien porté la couronne de comtesse sur ses épais cheveux d'un gris d'argent, se tordant haut sur la nuque. De grands yeux noirs tempéraient par leur douceur cette physionomie un peu virile. Bonne et juste pour tous, elle était la véritable providence des paysans des environs, et de Cléguer à Pont-Scorff, tous avaient recours à son jugement et à sa charité.

Paule était beaucoup plus jeune. De taille moyenne, mais svelte et élégante, elle possédait encore, à trente ans écoulés, un charme pénétrant. Une certaine tristesse qui faisait se pencher parfois sa tête au fin profil laissait deviner qu'elle avait connu la souffrance.

Irène chérissait cette sœur à qui elle avait servi de mère, et son cœur se serrait quand parfois elle la voyait errer, triste et blanche, entre les grands lis des parterres, dont elle avait le charme exquis.

C'est qu'une grande douleur avait passé sur Paule, une de ces douleurs qui brisent les cœurs de ceux qui ne veulent pas être consolés.

Mais malgré ce chagrin ancien et pourtant persistant, la jeune femme était gaie et douce à tous, surtout aux enfants qu'elle réunissait pour les leçons de catéchisme dans une des salles du château.

Et l'existence s'écoulait calme et paisible, sinon heureuse, dans ce manoir hospitalier où résidaient de nobles âmes toujours prêtes à s'intéresser au malheur d'autrui. Dieu, l'admirable nature et les pauvres se partageaient les jours de ces grandes dames, dont les aïeules avaient trôné sur des tabourets au lever de la reine.

Et cependant elles ne se plaignaient pas de cette réclusion. Elles regardaient plus haut que cette terre de passage ; elles avaient en vue surtout la vraie patrie, celle qu'une aurore éternelle éclaire, celle qui voit finir tous les chagrins et tarir toutes les larmes.

❊

Alors que la plus jeune des demoiselles de Montscorff était dans toute la fleur de son printemps, elle avait rencontré, pendant ses visites charitables aux malades, un jeune médecin résidant à Pont-Scorff, Yves Kerneste, qui avait été touché par la grâce sans égale de Paule.

En la voyant se pencher, comme une blonde fée bienfaisante sur les lits de ses malades, les consolant, leur apportant les cordiaux dont avait besoin leur faiblesse, pansant de ses belles mains de patricienne les plaies les plus affreuses, le brillant docteur l'avait aimée de toute son âme.

C'était le premier amour de cet homme, consacré tout entier à la science, et dans ce cœur tendre que la mort d'une mère profondément affectionnée avait laissé vide, il était profond comme la mer.

Paule n'avait pas été sans s'apercevoir du trouble qui, à sa vue, s'emparait du médecin. Il lui était aussi très doux de se rencontrer avec lui : ses grands yeux sombres la troublaient si délicieusement !

M. Kerneste était d'une distinction extrême, avec ses longs cheveux noirs, sa barbe de même teinte, encadrant un visage au ton mat, d'un ovale parfait, et sa taille était élégante.

Il avait adressé plusieurs fois la parole à sa belle voisine pendant leurs visites charitables, et elle avait été enveloppée par la douceur de sa voix, les soins dévoués à l'excès prodigués à ces malades dont il n'attendait aucune rétribution. Mais Yves n'était pas pratiquant. Elevé entre une mère pieuse et un père libre-penseur, c'étaient les théories de ce dernier qui avaient prévalu. Son éloignement de la maison natale, par suite de ses études, avait encore contribué à effacer de son cœur les premières instructions de sa jeunesse. Dans ce milieu d'étudiants, le jeune homme avait achevé de se perdre l'âme.

Aussi, ne voulant pas laisser le tendre sentiment qu'elle ressentait pour le jeune homme s'infiltrer plus avant en elle, Paule évitait sa venue dans les chaumières où elle passait ainsi qu'une consolante apparition. L'éloignement du docteur pour les pratiques religieuses lui faisait redouter cette attirance.

Yves s'en était aperçu et une amère tristesse avait envahi tout son être. Un jour cependant, rencontrant la jeune fille dans une sente pratiquée en plein bois, il se décida à lui ouvrir son cœur.

— Je voudrais avoir avec vous quelques instants d'entretien, Mademoiselle, lui dit-il tout tremblant d'émoi, après lui avoir demandé des nouvelles de sa santé et de celle de sa sœur.

— Pourquoi ne venez-vous pas aux Magnolias, Monsieur ? lui demanda-t-elle avec un peu de hauteur.

— Oui, je sais que ma démarche est incorrecte, mais je ne veux pas me présenter devant Mlle Irène sans être certain de votre assentiment.

Et sur un geste surpris de la jeune comtesse :

— Je n'ai pu vous voir, vous si bonne vous si belle, sans sentir tout mon cœur aller vers vous. En échange de cette immense affection, ne m'accorderez-vous pas un peu de sympathie, Mademoiselle Paule ?

Oh ! cette voix aimée, comme elle eut bien vite raison de tous les arguments que la jeune fille avait entassés pour repousser cette demande à laquelle elle s'attendait !

Yves lut dans ses yeux ce plein consentement à son plus ardent désir, car il lui prit la main en ajoutant :

— Vous consentiriez à devenir ma femme, Paule, malgré la distance qui me sépare de vous ?

Elle laissa ses doigts emprisonnés entre les siens, et le regardant encore de ses belles pervenches humides :

— Oui ! fit-elle de sa voix harmonieuse. Moi aussi je ressens pour vous une véritable affection, et si Irène n'y met pas obstacle...

Le front de M. Kerneste s'était rembruni.

— C'est vrai, je n'ai pas de titres ! s'écria-t-il.

— Oh ! que vous connaissez mal ma sœur ! Vous croyez qu'un sot orgueil retiendrait son consentement ? Non ! Mais elle m'a élevée, et je ne voudrais pas la quitter.

— N'est-ce que cela ? reprit-il avec joie. Ce mariage ne donnera de plus à Mlle de Montscorff qu'un frère bien affectueux à ses côtés, si elle y consent.

— Je pensais que vous aviez l'intention de retourner à Paris ?

— Oui, à la mort de ma mère j'y avais songé ; depuis, votre doux sourire, qui m'a consolé, m'a aussi retenu près de ce Scorff où je suis né.

— Alors, restez-y ! fit-elle avec élan.

Il reprit sa main fine et y déposa un tendre baiser.

— Oh ! comment reconnaître jamais !... s'écria-t-il.

— En continuant à soigner, à secourir les pauvres de toute votre science, de tout votre dévouement.

— Maintenant surtout que vous m'y aiderez, ma chère sœur d'âme, avec quel cœur je le ferai !

Paule ne voulut pas prolonger la douceur de cet entretien sans avoir auparavant averti sa sœur ; elle partit légère vers le manoir, après avoir dit au jeune homme, heureux entre les heureux :

— A demain, aux Magnolias.

En rentrant au château, son premier acte avait été d'aller vers Irène et de tout lui raconter.

Le front de la sœur aînée s'était rembruni. Elle avait pris la blonde tête entre ses mains, et l'embrassant :

— Je ne voudrais pas, crois-le, ternir cette joie que je lis en tes yeux, ma chérie, dit-elle, mais je dois te montrer combien cette union t'offrira peut-être de tristesse. Devant la grandeur de cet amour, ton cœur d'enfant s'est laissé tenter, il y a répondu, et cependant cet homme n'est pas l'époux que je t'aurais choisi, à toi la fille pieuse et de vieille tradition.

— Tu lui reproches son absence de titres ? fit Paule avec surprise.

— Non, le temps a marché, je vais avec lui. La véritable noblesse est celle du cœur, et le docteur a prouvé par sa conduite envers sa mère et les malheureux que le sien n'en manque pas. Si je lui reproche une chose, c'est son absence de croyances.

— Il n'est pas un athée, Irène !

— Non, sans doute ; mais il est libre-penseur comme son père ! Il ne sera jamais à ton côté lorsque le dimanche tu te rendras à la messe, afin de rendre à Dieu le culte qui lui est dû.

— Il a eu une enfance fervente, je saurai l'y ramener.

Irène hocha la tête.

— Peut-être, s'il n'était qu'indifférent, mais il proteste, et bien haut, contre tous les actes de la religion. Il n'en est pas encore à nier son Créateur, son esprit est trop supérieur pour cela, seulement il ne veut pas s'incliner devant ses mystères et ses ministres.

Son père était ainsi, vois si sa pieuse femme a pu le changer. Au contraire, il lui a pris son fils. Et si tu voyais à ton tour les enfants rejeter ce que nous avons toujours honoré ?

Paule, atterrée, baissa la tête. Toutes les paroles de sa sœur étaient vraies, toutes tombaient juste, Yves l'aimait, elle en était sûre : abandonnerait-il sa manière de voir si elle devait être un obstacle entre eux ? Elle en doutait plutôt.

La jeune fille sentit un grand déchirement en elle ; elle vit alors combien était profond l'amour que le jeune médecin lui avait inspiré. Elle voulut espérer encore.

— Laisse-moi croire à cette conversion, Irène, dit-elle. La voix de Dieu se fera peut-être entendre à cette âme par ma voix, et, comme Saül sur le chemin de Damas, il se relèvera guéri de son mal moral.

La grande sœur l'avait regardée, anxieuse.

— Tu l'aimes donc bien, ma pauvre petite ?

— De tout mon cœur !

Un soupir fut la réponse d'Irène. Cette affection allait faire souffrir cruellement celle qu'elle considérait comme sa fille, elle en était sûre, car jamais le Dr Kerneste ne rejetterait ses fausses doctrines ; et elle, la descendante de tant de croyants, pouvait-elle admettre dans sa famille un homme qui souriait de leurs actes religieux ?

— La nuit porte conseil, ma chère enfant, avait-elle ajouté en baisant encore sa sœur avec une grande tendresse ; allons dormir.

Mais les préoccupations la tinrent éveillée bien avant dans la nuit.

Paule, au contraire, avec cette belle ardeur de la jeunesse et cette confiance qui ne se rebute devant aucun obstacle, se vit l'ange médiateur entre son Dieu qu'elle adorait sans réserve et ce fiancé qu'elle aimait comme le futur compagnon de sa vie terrestre. Elle fit de doux rêves : plus dur devait être le réveil.

❋

Malgré une nuit passée dans une insomnie presque complète, Irène s'était levée dès l'aube pour se rendre à l'église de Cléguer comme elle en avait coutume ; Paule était moins matinale.

La sœur aînée voulait consulter sur ce mariage M. Doltan, le vénérable curé du petit bourg, qui avait été pour elles un véritable ami, lors de la mort de leurs parents. Elle monta donc la route escarpée qui conduit à Cléguer, par un beau matin d'août, d'une fraîcheur exquise, à cette heure où les rayons du soleil ne faisaient pas encore sentir leur ardeur. De frêles bruyères roses bordaient la côte, et leur parfum de miel ajoutait à leur grâce. Des abeilles d'or y butinaient.

Mais Mlle de Montscorff ne voyait rien ce

matin-là de ces douceurs des choses. Un pli profondément marqué entre les deux sourcils, elle marchait, les yeux baissés, songeant au chagrin qu'allait éprouver Paule en apprenant que cette union n'était pas possible. Car elle ne se faisait aucun illusion. Jamais le Dr Kerneste ne renierait des principes qu'il avait affichés bien haut ; il leur sacrifierait plutôt son amour.

Après la messe, pendant laquelle elle pria avec une ferveur sans égale, implorant Dieu pour cette sœur tant aimée, elle rejoignit M. Doltan dans la sacristie, et lui raconta la peine nouvelle qui s'appesantissait sur elle.

— Vos raisons sont justes, chère Mademoiselle, lui dit-il. Mlle Paule serait malheureuse par ce mariage, qui ne lui donnerait pas cette communauté d'idées et d'opinions qui seule peut assurer le calme et la sérénité.

Non, vous, les dernières descendantes de ces preux qui abandonnaient tout pour voler à la délivrance des Lieux Saints, vous ne pouvez vous allier avec un homme qui n'a pas le respect du dogme catholique. Qui donc alors donnerait le bon exemple en ces temps de trouble et de relâchement ?

— Je l'ai déjà dit hier à Paule, Monsieur le Curé, mais elle est pleine d'espoir, parce que son cœur est plein d'amour. Elle croit que sur un mot d'elle le Dr Kerneste va adopter sa manière de voir, et elle se réjouit déjà de le ramener au Dieu de son enfance.

Le digne prêtre branla la tête.

— S'il n'était qu'indifférent, peut-être ; mais c'est un sectaire, et ceux-là, on les ramène rarement dans le bon chemin ; ce sont eux qui vous perdent quand, comme Mlle de Montscorff, on a laissé leur image se graver trop profondément en soi.

— J'espère que ma sœur oubliera facilement cet homme, qu'elle a peu connu, en somme, car je ne doute pas qu'elle ne s'en éloigne lorsqu'il lui sera nettement démontré qu'il ne peut être en communion d'idées avec elle.

M. Doltan semblait réfléchir.

— Vous feriez mieux d'agir pour Mlle Paule, dit-il enfin, et de parler vous-même au docteur.

— Oui, cela sera mieux ainsi. La pauvre enfant souffrirait trop de saper elle-même ce qu'elle considère comme son bonheur. Au revoir, Monsieur le Curé, venez ce soir au château, si vous le pouvez ; nous aurons toutes deux besoin d'avoir un ami sincère entre nous.

Le bon prêtre promit sa visite, et Irène, l'esprit un peu soulagé, rentra au manoir.

Paule n'était pas encore levée lorsqu'elle y entra ; s'étant endormie assez tard au milieu de ses rêves heureux, elle avait prolongé sa nuit.

La grande sœur pénétra dans la chambre close, toute tendue de mousseline blanche aux frais bouquets de pavots roses, le vrai nid qui convenait à la grâce de cette enfant fine et blonde qu'était alors la cadette des Montscorff. Elle s'éveilla, et, un peu honteuse de sa paresse, elle tendit les bras en disant :

— Bonjour, Irène ! Il doit être tard puisque tu reviens de l'église, où je ne pourrai me rendre, moi, du moins, pour la messe.

Mlle Irène avait ouvert les persiennes, et un vif rayon de soleil s'étendit dans la pièce avec le parfum pénétrant des magnolias en pleine floraison.

Elle s'assit ensuite sur le petit lit, que la vaporeuse mousseline fleurie de pavots entourait, et prenant une des mains de la jeune fille entre les siennes :

— J'ai parlé de cette proposition de mariage à M. le curé, dit-elle.

— Eh bien ?... fit Paule avec émotion.

— M. Doltan est de mon avis : une Montscorff ne peut épouser un homme qui s'est éloigné de l'Eglise sans espoir de retour.

Un long sanglot lui répondit.

— Mais s'il revenait à Dieu ? interrogea-t-elle enfin.

— Il n'y a aucun espoir, je te le répète, ma pauvre chérie !

Et, émue devant les larmes qui roulaient comme des perles sur les joues soudain pâlies :

— Lorsque M. Kerneste se présentera au château, je veux bien lui faire nos propositions, mais je doute !...

— Oh ! oui, Irène, charge-toi de lui dire quel obstacle se dresse entre nous ; moi, je n'en aurais pas le courage.

— Mais tu le comprends, n'est-ce pas, ma chère aimée ?

— Oui, répéta-t-elle ; je ne puis épouser qu'un homme ayant au cœur la même ardeur que moi pour ses croyances.

Elle semblait forte, alors, une lueur de vaillance brillait en ses grands yeux, et Irène se retira moins oppressée en songeant que cet amour était éphémère ; il passerait sans doute en laissant peu de traces. A peine eut-elle refermé la porte que la malheureuse Paule, la tête enfouie dans ses oreillers, les mains crispées dans les ondes d'or de ses cheveux, pleura toutes ses larmes en songeant à sa joie perdue.

Elle n'avait plus de confiance en celui qu'elle aimait ; M. Doltan et sa sœur devaient le bien juger, il la sacrifierait à ses principes.

Et quelques heures plus tard, cachée derrière la tenture du salon, elle entendait l'arrêt de mort de son pauvre bonheur sortir de cette bouche dont la chère voix avait si bien conquis son cœur la veille.

— Je ne puis, même aux dépens de la félicité de celle que j'aime pourtant plus que moi-même, je ne puis transiger avec mes idées, disait-il. Je suis un croyant, soyez-en assurée, Mademoiselle ; mais je ne veux aucun intermédiaire entre Dieu et moi.

— C'est de l'orgueil, cela, Monsieur Kerneste ! s'était écriée Mlle Irène.

— Appelez ce sentiment du nom que vous voudrez, je n'y faillirai pas.

Un silence s'était établi entre les deux interlocuteurs, silence si profond que la pauvre désolée eut peur qu'on entendît son faible cœur battre à grands coups sous l'immense chagrin de sa déception.

Puis, d'un ton plus bas, le docteur avait repris :

— Dites bien, je vous prie, à Mlle Paule combien tout mon être saigne en songeant à l'anéantissement de mes beaux rêves. Avoir été si près du bonheur, et le voir disparaître à jamais !... Si vous saviez combien je l'aime !

— Moins que vos principes, cependant ! articula ironiquement Mlle de Montscorff.

Aucune réponse ne lui fut faite.

Mais, d'une voix dans laquelle tremblaient les pleurs contenus à grand'peine, M. Kerneste avait ajouté :

— Si du moins j'étais le seul à souffrir, le seul à regretter !... Mais elle, si elle devait pleurer, si son cœur tendre allait éprouver des regrets trop cuisants ?... Oh ! pas cela, mon Dieu ! pas cela ! Que ma peine se double, si elle peut lui être épargnée.

— Revenez à ce Dieu que vous invoquez dans votre douleur, et la vie vous sourira.

— C'est impossible !

— Alors tout est dit entre nous.

Un bruit de sièges et de portes, et Mlle Irène vint consoler la triste victime de l'orgueil humain.

Paule puisa de la force dans la grande affection qu'elle portait à sa seconde mère. Si elle pleurait à l'église ou dans la solitude, elle évitait de troubler leur intérieur paisible de sa douleur pourtant infinie.

Cet homme avait le premier fait vibrer son cœur de vingt ans, et cet amour y avait de profondes racines qu'il serait difficile d'extirper. Avec l'aide de Dieu, la courageuse jeune fille voulait y arriver, et jamais un Montscorff n'avait voulu en vain.

Elle apprit bientôt par la rumeur publique que M. Kerneste quittait Pont-Scorff pour Paris.

C'était un allègement à sa peine que ce départ. Elle n'aurait plus à redouter la rencontre du docteur.

Sa fierté fut aussi épargnée. M. Dollan et M. Conlau exceptés, nul ne connut son douloureux secret. Ce retour vers la capitale était très naturel ; puisque le médecin n'avait plus d'attaches dans le pays il devait l'abandonner pour un milieu mieux approprié à sa science.

. . . .

Paule devait revoir, au moment du départ cruel, cet Yves qui l'occupait toute.

Au retour de l'église, elle s'était arrêtée sur la route de Cléguer afin de cueillir quelques brins aux bruyères qui étoilaient le talus, ces bruyères du Scorff que Brizeux, le doux chantre breton, aimait.

Cette pensée la porta à une comparaison entre les deux hommes. Lui aussi avait quitté sa Bretagne, mais il y était revenu, avide de l'air natal parfumé par les ajoncs et les algues marines. Il y dormait son dernier sommeil, à l'ombre du chêne désiré.

Et ces vers lui vinrent à la mémoire.

O landes ! ô forêts ! pierres sombres et hautes,
Bois qui couvrez nos champs, mer qui battez nos [côtes,
Villages où les morts errent avec les vents,
Bretagne, d'où te vient l'amour de tes enfants ?...

C'est que le poète était un croyant, c'est qu'il s'était toujours souvenu de son enfance pieuse passée au presbytère d'Arzano, et qu'il n'avait jamais renié le Dieu adoré jadis.

Dans tous ses poèmes il honore son nom, se disait la jeune fille tout en composant sa gerbe, et pourtant c'était un grand poète ; mais il ne croyait pas s'abaisser en s'agenouillant sur les dalles de l'église.

Et lui, qui devrait ramener tout à Dieu : science, intelligence, travaux..., lui, qui s'en éloigne au contraire à jamais !...

Et elle se murmura ces admirables vers qui terminent le délicieux livre de *Marie*, vers que tous les Bretons devraient redire, car aucuns ne peignent mieux leur pays et leur race.

Oui, nous sommes encor les hommes d'Armorique,
La race courageuse et pourtant pacifique,
Comme aux jours primitifs, la race aux longs [cheveux,
Que rien ne peut dompter quand elle a dit : Je veux !
Nous avons un cœur franc pour détester les traîtres,
Nous adorons Jésus, le Dieu de nos ancêtres ;
Les chansons d'autrefois, toujours nous les chantons.
Oh ! nous ne sommes pas les derniers des Bretons !
Le vieux sang de tes fils coule encor dans nos veines,
O terre de granit recouverte de chênes !

Un bruit de pas lui fit retourner la tête : le Dr Kerneste était devant elle.

Son premier mouvement avait été de fuir, mais elle lut un tel désespoir dans les grands yeux sombres fixés sur les siens qu'elle resta.

— O Paule ! balbutia-t-il, est-ce ainsi que nous devions nous revoir !

— A qui la faute ? fit-elle, tout à sa rancœur.

— Plaignez-moi plutôt que de me blâmer. Si vous saviez ce que je souffre !

— Et moi !

— C'est ce qui double ma peine ! Je serais moins désespéré si je vous laissais ici calme et sereine.

— Est-il donc si difficile d'adorer ensemble ce Dieu en qui vous croyez ?

— Le doute est en moi ! fit-il en crispant ses mains sur sa poitrine. Qui me délivrera de ce tourment ?

Et son regard semblait implorer le ciel.

En contemplant ce pauvre visage émacié, ces yeux caves, la jeune fille eut pitié.

— Partez, Yves, dit-elle, et si plus tard vous parvenez à chasser ce doute odieux de votre cœur, revenez, je serai toujours là pour vous recevoir.

Il s'agenouilla devant elle, et baisant le bas de sa robe :

— Comment ne pas aimer cette religion qui fait des anges tels que vous ! s'écria-t-il en la regardant avec extase.

Les joues de Paule se couvrirent d'une vive rougeur en recevant cet hommage.

— Relevez-vous, fit-elle, on pourrait venir...

— Oui, rien ne doit salir la blancheur de vos ailes.

Et il regarda autour de lui d'un air anxieux.

Paule fit un mouvement pour redescendre le chemin creux.

Le docteur regarda alors les frêles bruyères roses qu'elle tenait encore.

— Ce sont les fleurs qu'aimait Brizeux, dit-il ; il les cueillait pour Marie !

Cette similitude de pensée amena des larmes dans les yeux de la jeune fille. Oh ! avoir des âmes si semblables, et les voir désunies par ce doute maudit !

Dans un élan de son cœur aimant et pieux, elle lui tendit les fleurs embaumées.

— Qu'elles vous rappellent la Bretagne, dit-elle avec émotion, et vous y ramènent... guéri.

Il les prit, plein d'émoi, en s'inclinant profondément, et il effleura de ses lèvres les doigts blancs qui les lui présentaient.

— A bientôt, fit-il d'une voix tremblante, je l'espère !...

Elle ne devait plus le revoir.

Elle sut seulement par les journaux qu'il se distinguait de plus en plus dans l'art médical. Mais de son âme égarée, nul ne parlait.

Deux ans après cette dernière rencontre, Paule était seule au château, lorsque le facteur lui remit un petit paquet. Pourquoi s'enferma-t-elle dans sa chambre pour savoir ce qu'il contenait ? Pourquoi ses mains tremblèrent-elles en découvrant sous ces papiers un écrin en cuir de Russie ?

Elle l'ouvrit, et, pâle comme si la mort l'avait déjà effleurée de son aile, elle reconnut, épinglées sur le satin blanc, les bruyères du Scorff.

— Il est mort !... s'exclama-t-elle, défaillante.

Et elle vint tomber à genoux devant une admirable tête de Christ suspendue au chevet de sa couche, où chaque jour elle offrait à son Créateur sa journée de bonnes œuvres et de simples plaisirs.

Elle pleura longtemps, prosternée sur son prie-Dieu ; elle pleura ses rêves brisés, en implorant le Seigneur pour celui qu'elle aimait encore avec tout son cœur. Puis elle enferma dans leur écrin les bruyères au vague parfum, qui ne le ramenaient pas vers elle aimant et croyant comme elle l'avait espéré.

Le soir, Irène, qui lisait un journal de Paris, eut un vif mouvement ; elle regarda sa sœur avec effroi, et, froissant la feuille, elle se disposa à quitter le salon.

— Il est mort, n'est-ce pas ? interrogea Paule d'un ton bref.

— Qui te l'a dit ?

— Je le pressens. Donne-moi ce journal, je te prie.

Elle lut sans une larme, mais, la lecture terminée, elle s'affaissa dans son fauteuil, échappant pour un moment à sa douleur amère. Quand elle revint à elle, soignée par sa sœur affolée, une violente crise de pleurs soulagea son pauvre être désespéré.

Mlle Irène la laissa sangloter.

— C'est l'épilogue de mon roman, dit-elle enfin d'une voix brisée. Il a été bien court et bien triste !

— Je suis là, ma bien-aimée, et, Dieu aidant, je te consolerai ! s'écria l'aînée des Montscorff, en l'embrassant ardemment.

— Oh ! sans toi, pourrais-je vivre !...

Dans une note élogieuse et pour sa science et pour son réel mérite, le journal relatait la mort du Dr Yves Kerneste. Ayant contracté le croup au chevet d'un enfant, il avait été foudroyé par la terrible maladie.

Avant le moment suprême, Yves eut la force de charger un ami de faire parvenir les fleurs du souvenir à celle qui l'attendait toujours aimante et confiante.

Cette pensée de l'heure extrême persuada à Paule que cette âme dévoyée avait dû avoir un cri d'amour vers son Créateur.

— Dieu, dans sa miséricorde envers nous, est si infiniment bon ! se disait-elle. Un élan vers sa tendresse de Père, à l'instant où la mort approche, et ses mains divines s'étendent pour le pardon.

Et ses prières montaient ardentes, vers le ciel pour celui qu'elle avait aimé, pour le noble cœur qui avait succombé au champ d'honneur.

Elle le pleura en silence, prosternée au pied de l'autel. Puis le temps fit son œuvre, et ses regrets devinrent moins vifs. Mais elle ne voulut jamais se marier.

Le colonel Pourlin, un ami de son père, lui proposa un jeune lieutenant noble et riche, dont l'éducation répondait à la sienne ; elle le refusa d'une voix si nette qu'il ne crut pas devoir insister.

Mlle Irène ne voulut pas davantage intercéder près de sa sœur, ni en faveur de ce prétendant, ni de ceux qui se présentèrent. Et c'est ainsi qu'elles vivaient encore ensemble dans la demeure riante qui se cachait sous les ombrages embaumés des grands magnolias.

Paule, qui à sa foi avait sacrifié son amour, continuait sa vie toute de charité, soignant et consolant les malades.

Elle n'avait plus aucun espoir de bonheur terrestre, elle ne serait jamais ni épouse, pensait-elle, ni mère, mais l'espérance divine lui souriait dans l'azur du ciel. Que lui importait cette vie si brève ! N'avait-elle pas en perspective cette éternité bienheureuse promise à ceux qui n'ont jamais douté, qui ne se sont jamais découragés ?

CHAPITRE IV

LA MISSION DU DOCTEUR

C'était vers cette demeure bénie de tous, puisqu'elle était habitée par des âmes d'élite, que se rendait le Dr Coulau, en ce beau dimanche de mai, qui l'avait vu le matin au chevet de Mireille. Il y allait sans une hésitation, sans crainte d'un refus.

Médecin de la famille, il avait intimement connu le commandant de Montscorff, avec qui il sympathisait complètement, malgré la différence d'âge. Depuis la mort de leurs parents, il visitait souvent les deux isolées ; il savait donc quels cœurs généreux, accessibles à toutes les souffrances, étaient les leurs.

Sûr du succès, il pressait l'allure de son vieux cheval, ce fidèle compagnon de ses courses sans trêve à travers la campagne bretonne.

La première personne qu'il rencontra dans l'avenue des Magnolias fut Mlle Irène. Elle le salua par ces mots :

— Quelle bonne œuvre vous amène, mon cher docteur ?

— Vous ne savez pas si bien dire, vraiment ! répondit-il gaiement.

Leurs deux mains se serrèrent cordialement.

— Vous nous restez pour le dîner, n'est-ce pas ?

Le vieillard s'inclina.

— J'accepte, dit-il simplement.

— Nous avancerons le repas d'une heure, afin de ne pas inquiéter Mme Conlau dont je regrette vivement l'absence. Ce n'est pas une indisposition qui l'a empêchée de vous accompagner aujourd'hui, docteur ?

— Non, une simple fatigue qui lui faisait préférer un *dolce farniente* sous la charmille du jardin. Elle m'a chargé de ses meilleures amitiés pour vous et Paule.

Tout en causant, ils étaient entrés dans la salle à manger, où Mlle Irène servait elle-même un rafraîchissement à leur vieil ami, pendant que Guillaume, le jardinier-cocher, s'occupait du cheval.

Paule arriva toute souriante, les mains pleines de fleurs. Cette voix connue l'avait fait accourir du jardin où elle se cueillait une gerbe.

— Seul, docteur ? interrogea-t-elle. Alors je vais lier ces fleurs et ces verdures, et vous voudrez bien les porter à Mme Conlau de ma part.

— Toujours aimable !

— L'est-on jamais trop pour des amis tels que vous !

Elle vint s'asseoir entre sa sœur et le vieillard.

— Quoi de nouveau à Lorient ? fit-elle, curieuse.

— Il ne sera pas question de Lorient aujourd'hui, ma chère enfant, mais de Kerentreeh, où une petite abandonnée attend que votre bon cœur veuille bien la recevoir.

Elles ouvrirent toutes deux de grands yeux étonnés.

M. Conlau, en quelques phrases, les mit au courant de l'aventure.

— Nous recevrons cette pauvre fillette, certainement, s'écria Mlle Irène avec chaleur ; et j'espère que l'air pur de la campagne l'aura bientôt guérie de cette anémie.

— Je n'en attendais pas moins de vous ! fit le docteur, tout ému.

— Elle n'a pas voulu parler, cela est étrange ! murmura Paule, rêveuse.

— N'a-t-on pas quelques indices qui pourraient mettre sur la trace de ses parents ? demanda la vieille demoiselle.

— Elle a été laissée au pied de la croix des quatre chemins quelques jours après les fêtes de Pâques qui amènent à Lorient tant de roulottes de saltimbanques. Peut-être est-ce un de ces forains qui a abandonné cette petite fille malade, incapable alors de remplir un rôle.

— Voulez-vous mon avis ? reprit soudain Paule, dont les belles prunelles bleues étincelaient.

Et comme sa sœur et le médecin la regardaient, un peu surpris de sa vivacité émue :

— Cette enfant a été volée par ces saltimbanques, dit-elle, et comme elle ne pouvait plus leur être utile, puisque l'anémie la rongeait, ils l'ont jetée sur la route.

— Tu as bientôt bâti tout un roman, ma petite ! fit Mlle Irène en riant.

— Tout me dit que je ne me trompe pas, acheva la jeune femme avec animation. Cet air de distinction dont vous parlez, docteur, cette médaille d'or au cou, cette crainte de parler, parce qu'elle a peur d'être reprise par ces misérables, qui ont dû la faire cruellement souffrir !...

— Voyons, Paule, ne laisse pas ainsi ton imagination vagabonder, attends de voir Mireille avant de rien affirmer.

M. Conlau souriait du débat des deux sœurs.

— Le joli nom ! fit encore Paule, dont l'abandonnée avait fait la conquête, avant même de lui avoir été présentée. Je suis heureuse que vous ayez pensé à nous, docteur ; je sens que je vais m'attacher à cette petite vers qui tout m'attire : ce mystère, son état maladif, sa joliesse.

— Quelle ardeur, petite amie ! s'écria le vieillard avec un bon rire. Mme Kerlan avait-elle raison en supposant que vous voudriez peut-être lui garder sa fille d'adoption ?

— Pourquoi pas ? Puisqu'elle a deux enfants, elle pourrait bien nous céder celle-là.

La sœur aînée haussa les épaules.

— Crois-tu que, à cinquante ans bientôt, je me chargerais d'adopter une inconnue qui nous causerait peut-être mille soucis ! Non, non, à mon âge, on a besoin du plus grand calme autour de soi.

Paule eut une petite moue et un froncement de sourcils ; ces indices volontaires montraient bien qu'à l'occasion elle saurait faire ce qui lui plairait.

— Pour le moment, il ne s'agit que de la soigner et de la guérir, dit M. Conlau, conciliant.

— Oui, vous avez raison, docteur ; laissons le romanesque de côté, et songeons à préparer la pièce où cette pauvre délaissée recouvrera la santé, s'il plaît à Dieu. Voyons, quelle chambre lui donnerons-nous ?

— Celle qui communique avec la mienne, répondit vivement la cadette des Montscorff. Je pourrai ainsi veiller sur elle à toute heure.

— Très bien ! dit le vieux médecin. Cette chambre a deux ouvertures, n'est-ce pas ?

— Oui, une fenêtre et une porte-fenêtre s'ouvrant sur un balcon.

— Il faudra enlever toutes les tentures qui pourraient atténuer l'air ; l'anémie se traite surtout par l'air pur et l'eau. Vous avez toujours votre installation pour les douches ?

— Toujours.

— Alors tout est pour le mieux. Demain j'irai prendre l'enfant et sa mère adoptive, qui l'accompagnera, car elle est un peu sauvage, cette petite. Je ne sais comment elle pourra quitter Mme Kerlan, à qui elle s'est attachée très ardemment en ces quelques jours.

— Pauvre petit oiseau battu par la tempête ! fit Paule. Mais nous lui ouaterons si bien son nid qu'elle s'y plaira. Les petits aiment ceux qui les caressent, et j'ai au cœur pour elle une telle provision de tendresse qu'elle sera bien forcée de me la rendre. Je vais faire préparer la chambre bleue, docteur ; à tout à l'heure !

Légère et souriante comme si elle avait recouvré son printemps, elle sortit de la salle.

Mlle Irène avait eu pour sa sœur un regard où se lisait une profonde affection maternelle.

— Je suis heureuse de cette diversion pour notre chère Paule, dit-elle. Elle était faite pour la vie de famille, voyez-vous, mon ami, et je crains toujours que l'ennui ne s'attache à ses pas, dans cette solitude où nous vivons.

— Elle a pourtant trouvé des prétendants dignes d'elle, répondit le vieillard. Pourquoi donc les a-t-elle repoussés ?

— Elle avait toujours au cœur cet amour malheureux, dont nous ne vous avions pas caché le secret. Puis il aurait fallu quitter les Magnolias, et moi, par conséquent, puisque j'y veux mourir, et vous savez, docteur, quelle affection nous unit !

— Oui, chère Mademoiselle, et je comprends fort bien qu'à un bonheur aléatoire, en somme, Paule ait préféré l'existence douce et sereine qu'elle mène à vos côtés.

— Sereine, certainement, mais un peu trop monotone avec de tels souvenirs de tristesse. Paule n'a pas trente-deux ans, et pour elle, que les plaisirs mondains n'ont ni blasée, ni fatiguée, c'est encore la pleine jeunesse. C'est pourquoi, je le répète, je suis très satisfaite de cet élément nouveau dans notre solitude. Car l'enfant guérira, n'est-ce pas ?

— J'en ai la ferme conviction, sans cela je ne lui occasionnerais pas la fatigue d'un déplacement. Mais si Paule s'attachait à Mireille jusqu'à souffrir lorsqu'il lui faudra la laisser retourner à Kerentrech ?

— A la volonté de Dieu, mon cher docteur. Si cette petite doit être pour elle une source de vie et d'espoir, nous la garderons. Quels sacrifices ne ferais-je pas pour ne pas voir passer dans les grands yeux de ma fille — je l'ai élevée et aimée comme telle, vous le savez — cette désespérance qui parfois me terrifie ! Et vous nous avez dépeint Mme Kerlan comme une femme si pleine de tact et de cœur, qu'elle y consentira, je l'espère. Venez maintenant nous donner votre avis sur la chambre en question.

Ils montèrent au premier étage et entrèrent dans une pièce spacieuse, aux meubles laqués en blanc, avec lesquels les tentures bleues s'harmonisaient idéalement.

Paule, avec un goût exquis, avait drapé les rideaux du lit et des fenêtres de manière à ne pas empêcher l'air de pénétrer jusqu'à la malade.

— Les enlever complètement eût enlaidi la chambre, docteur ! dit-elle gaiement. N'est-ce pas bien ainsi ?

M. Conlau la menaça du doigt.

— Que vous répondre, ma jolie fée ? Vous savez toujours si bien arranger les choses qu'il faut les laisser telles. Ma petite cliente sera admirablement ici, ajouta-t-il rieur, et sa guérison complète ne saurait être longue.

— Alors, ma petite, puisque tout est parfait, va faire admirer le jardin fleuri à notre bon conseiller, pendant que je donne mes derniers ordres pour le dîner.

Et bientôt, au bras de l'aimable vieillard, la jeune femme, aussi fraîche que ses roses, se promenait dans les larges allées finement sablées, en lui demandant encore cent détails sur l'abandonnée, qu'elle attendait avec toute l'impatience d'une recluse qui voit poindre un événement à son horizon uniforme.

M. Conlau, heureux d'avoir si bien réussi dans son ambassade, prodiguait les explications sans se lasser.

La cloche les appela dans la salle à manger, aux splendides meubles en vieux chêne sculpté, aux tentures de belles tapisseries, où un dîner de fin gourmet avait été servi.

La nappe blanche et fleurie était toujours ornée de sa porcelaine transparente et de son argenterie massive. Mlle Irène ne supportait pas la médiocrité ; elle avait gardé de ses nobles ancêtres l'amour du luxe, et le moindre goûter était toujours servi chez elle avec une recherche extrême.

Et pendant tout ce repas, qu'une cordiale gaieté animait, il ne fut encore question que de la petite étrangère, attendue déjà comme un hôte.

Aussi ce fut le cœur léger et l'esprit satisfait que l'excellent docteur se mit en route, après avoir crié aux sympathiques châtelaines un joyeux au revoir.

CHAPITRE V

UN DOUX ACCUEIL

Mme Kerlan dut user de toute la caressante influence qu'elle avait prise sur Mireille pour la décider à se laisser conduire aux Magnolias.

— J'irai très souvent te voir, mignonne, lui disait-elle tout en l'habillant, car le docteur ne pouvait tarder. Dès que tu seras rétablie, tu reviendras, je te le jure !

— Je ne veux pas te quitter ! s'écriait l'enfant au milieu de ses larmes. Tu l'avais promis, pourtant, tu m'avais dit : toujours, toujours...

Et dans ses grands yeux noirs, à la lueur dorée, se montrait une réelle épouvante.

Se demandait-elle si on n'allait pas la reconduire chez Marcelle ? Ses lèvres restaient muettes, mais son regard affolé le laissait deviner.

— Oui, tu es pour toujours ma petite fille, la sœur de Marie, je te l'ai dit, je te le répète, mais il faut te guérir. Les dames chez qui tu vas résider jusqu'à ton complet rétablissement seront très bonnes pour toi. Elles habitent un beau château aux grands jardins remplis de fleurs, où tu courras tout le jour, afin de roser tes pauvres joues pâles et d'éclairer tes yeux sombres. Tu verras, Mireille, combien tu seras heureuse dans cette belle demeure ! Tu ne voudras peut-être plus nous revenir.

Les bras passés autour du cou de la jeune femme, la petite malade l'embrassait follement, pour bien lui prouver comme en ces quelques jours elle avait conquis son cœur à jamais.

Enfin elle se décida à accepter cette situation nouvelle, et, essuyant ses pleurs, elle joua tranquillement avec sa poupée en attendant M. Conlau.

Louise se mit alors à sa toilette; elle voulait se présenter d'une façon convenable devant les châtelaines. Elle était seule au logis ; son mari, parti pour le chantier, ses enfants pour l'école, ne reviendraient qu'à midi. Elle avait donc tout le loisir d'accompagner la fillette.

La voiture du docteur s'arrêta devant la porte, et bientôt sa figure souriante apparut.

— Je viens vous chercher, Madame Kerlan,

dit-il, c'est vous dire que ma mission s'est terminée à notre entière satisfaction. Bonjour, petite, ajouta-t-il en se penchant vers Mireille qui le regardait à travers ses longues boucles brunes. Tu es attendue là-bas, et tu seras reçue comme une infante, ma jolie Espagnole. Ne trouvez-vous pas qu'elle en a bien le type, ma chère enfant ?

— Oui, en effet, dit la jeune femme qui se pressait, un peu fiévreuse, à la pensée de laisser Mireille chez des inconnues, et surtout si loin d'elle. Elle le serait que cela ne m'étonnerait pas, reprit-elle ; à son arrivée, elle a prononcé quelques mots dans une langue étrangère.

— Pourquoi ne m'en avez-vous jamais parlé ?

— Je n'y ai pas attaché d'importance.

Le médecin hocha la tête et ne répondit pas.

Elles s'installèrent enfin dans le cabriolet : la fillette, bien enveloppée dans sa mante à capuchon, était assise sur les genoux de sa mère adoptive, sa chère poupée entre les bras. La capote du véhicule fut relevée, afin de préserver les voyageuses de l'air toujours vif du matin.

Le docteur monta à son tour, et le cheval partit de son trot allongé sur la route du nouveau gîte de la petite épave humaine qu'un bon vent avait heureusement portée vers de nobles cœurs.

Lorsque l'avenue des magnolias traversée, le château se dressa, souriant, avec ses balcons enguirlandés de glycines et de jasmins, les corbeilles de fleurs de ses pelouses, les perles scintillantes du jet d'eau, retombant avec un joli bruit dans le bassin de marbre blanc, Mireille, qui depuis un moment regardait curieusement au dehors, fit un mouvement surpris, et dans son regard se montra la sensation du *déjà vu*. Il lui semblait, en effet, revenir dans des lieux connus, aimés, et ce fut avec une joie non contenue qu'elle tendit les bras à Paule qui, la première, s'était élancée vers la voiture.

— Qu'elle est jolie, qu'elle est mignonne ! s'écriait-elle, en la baisant sur ses boucles, un peu ébouriffées par le capuchon enlevé hâtivement. Nous la guérirons, soyez-en certaine, Madame.

Et sa belle main de patricienne se tendit vers celle de la modeste femme du contremaître. La sainte vertu de charité réunissait une fois de plus des personnes de conditions très différentes, mais dont les cœurs étaient unis dans un sentiment de pareille noblesse : le secours au malheur.

Mlle Irène attendait sous la marquise du perron.

Nullement intimidée maintenant que des doigts amis avaient serré les siens, Louise monta les marches nombreuses en granit rose, et salua la châtelaine. Le docteur et Paule, portant toujours l'enfant, la suivaient en causant.

— Soyez la bienvenue, Madame, lui dit l'aînée des Montscorff. Nous nous associons pleinement à votre bonne œuvre. Espérons que nos communs efforts redonneront la santé à cette pauvre victime des méchants.

— Espérons-le, Mademoiselle.

— Elle est vraiment charmante, reprit-elle, sa douce physionomie nous assure qu'elle sera une petite malade très facile à soigner.

— Elle est très raisonnable et bien aimante, répondit Mme Kerlan.

On était entré dans la salle à manger où, selon les habitudes hospitalières du domaine, des rafraîchissements avaient été servis.

Paule déposa l'enfant dans un grand fauteuil, et, s'agenouillant près d'elle, lui défit sa mante. Mireille apparut toute mignonne dans cette robe d'un bleu pâle, agrémentée de broderies blanches, travail délicat de la pauvre Juana pour embellir celle qu'elle aimait tant. Elle souriait doucement à ces quatre personnes qui l'entouraient vraiment comme si elle avait été la petite reine dont parlait M. Conlau.

— Maintenant que vous l'avez bien examinée, dit le docteur, il serait prudent de la coucher. On lui fera prendre une tasse de lait, et le sommeil viendra réparer les fatigues de la route.

Les yeux de l'enfant se fermaient en effet sous la lassitude provoquée par la brise de la pleine nature.

Mme Kerlan la prit dans ses bras, et suivit Paule qui lui montrait la route. En entrant dans cette chambre spacieuse, aux meubles charmants, aux tentures soyeuses, dont les larges fenêtres donnaient sur un jardin ensoleillé et abrité, la jeune femme comprit combien elle lui serait plus hospitalière que la sienne, déjà bien encombrée.

Un grand lit bas, adossé aux draperies azurées du mur, s'avançait jusqu'au milieu de la pièce, permettant à l'air de circuler librement autour. Sous le piqué en soie bleue, sur lequel le drap rabattait son écusson brodé, la petite fille fut étendue par sa mère adoptive, aidée de Paule, qui semblait charmée de ce rôle maternel. Et bientôt, après avoir bu avec avidité une pleine tasse de lait, elle s'endormait, paisible.

— Voyez que la campagne agit déjà sur cet organisme ébranlé, fit le docteur. Dans quelques jours nous la verrons debout.

Louise baisa la petite main qui s'étendait si frêle sur la couverture, et se relevant :

— Je vais la quitter maintenant, dit-elle, j'ai hâte de me retrouver près de mes enfants ; puis elle pourrait peut-être avoir de la peine de mon départ si j'attendais son réveil.

— Oui, dit Mlle Irène, nous devons lui éviter toutes secousses violentes. Vous reviendrez, Madame Kerlan ! ajouta-t-elle en tendant la main à la jeune femme.

— Pas avant dimanche ! fit-elle tristement. Je ne puis m'absenter les autres jours.

— Vous serez toujours la bien accueillie, dit Paule et croyez que nous nous efforcerons de vous remplacer près de Mireille.

— Vous le ferez, et avec avantage, Mademoiselle ; je ne pouvais, moi, que lui faire partager ma médiocrité !

— Où les soins tendres et éclairés ne lui ont pas manqué, dit le médecin. Croyez bien, ma chère enfant, que je ne vous l'aurais pas enlevée si sa santé n'avait pas été en jeu.

Après un dernier regard à celle qu'elle avait sauvée de l'abandon, Mme Kerlan suivit le docteur, et ils rejoignirent la voiture, accompagnés par les deux sœurs, qui protestèrent encore de tout leur dévouement pour la petite malade. Et c'est le cœur allégé que l'excellente femme regagna sa demeure. Elle savait maintenant combien la douce étrangère serait aimée et soignée dans ce château.

— A demain ! avait dit M. Conlau.

Paule vint s'établir avec sa broderie près de la fenêtre ouverte, afin que le réveil de Mireille ne fût pas effrayé par la solitude dans cette chambre inconnue. Elle rêvait plutôt qu'elle ne travaillait, et bien souvent son regard allait vers l'enfant dont le souffle régulier annonçait un bon et réconfortant repos.

Oui, sa sœur avait eu raison, elle était bien faite pour être épouse et mère. Quelle sollicitude dans les yeux bleus qui se fixaient sur le lit ! A chaque mouvement de la petite créature, Paule se levait et, sur la pointe des pieds, elle allait vers elle, ne reprenant sa place que lorsque le calme semblait revenu.

Quand les longues paupières s'ouvrirent et se refermèrent comme épouvantées, la jeune femme s'avança vivement, et appuyant la petite tête peureuse sur sa poitrine :

— Ne crains rien, ma chérie, tu es ici chez de bonnes amies qui t'aimeront bien, crois-le. Regarde-moi ! Veux-tu m'embrasser ?

Et d'eux-mêmes les petits bras se nouèrent à son cou, et des lèvres fraîches se posèrent sur sa joue.

— Allons ! voici la connaissance faite ! s'écria Paule gaiement. Maintenant je vais t'asseoir dans ton lit, et pour que tu n'aies pas froid je te passerai ce joli manteau de laine. Vois comme il est charmant !

Elle l'entoura du moelleux tissu et lui donna un beau livre de contes de fées, aux images coloriées des plus vives couleurs.

— Sais-tu lire, mignonne ?

— Oui.

— Eh bien ! pour ne pas trop te fatiguer, déchiffre seulement les mots qui se trouvent sous chaque gravure.

L'enfant fut d'abord très intéressée, puis elle laissa le livre, et regardant autour d'elle avec admiration :

— C'est beau, ici ! fit-elle. Mais je voudrais voir maman et Marie.

Paule fut un peu décontenancée.

— Cela est naturel ! se murmura-t-elle ensuite. Elle me connaît à peine, moi. Si elle ne regrettait pas celle qui l'a sauvée, elle manquerait de cœur.

Elle reprit la petite fille entre ses bras, et l'embrassa tendrement en lui disant :

— Ta maman et Marie viendront dans quelques jours.

Puis, comme les yeux sombres s'agrandissaient pour ne pas laisser échapper les larmes qui y perlaient :

— Tu ne reverras ta mère que si tu te laisses soigner et dorloter sans pleurer, ajouta-t-elle. Je vais te donner ta poupée, et nous allons jouer toutes deux : veux-tu ?

— Oui, car je t'aime bien, toi aussi.

Et les pleurs ne jaillirent pas.

La jeune femme prit sur la table quelques roses qu'elle avait cueillies pour l'enfant, et les jeta sur son lit.

— Des fleurs ! fit-elle joyeuse.

Elle les rassembla et y enfouit son petit visage fatigué. Paule sonna.

— Allez me chercher quelques gâteaux et un flacon de vin d'Espagne, Thérèse, dit-elle à la femme de chambre qui accourut à cet appel. Vous me porterez ensuite ma corbeille à ouvrage.

— Bien Mademoiselle. La petite va mieux, s'il vous plaît ?

— Oui, voyez combien ses traits sont calmes.

L'enfant sourit à la domestique qui lui souriait.

— Mlle Irène est-elle au château ?

— Mademoiselle s'est rendue à Cléguer il y a quelques instants, Mademoiselle.

— Dès le retour de ma sœur, dites-lui que je désire la voir.

— Oui, Mademoiselle, dit Thérèse en sortant pour exécuter les ordres de sa maîtresse.

Elle reparut avec les objets demandés.

La jeune femme et la petite malade goûtèrent gaiement. Puis, prenant son nécessaire, Paule confectionna un mignon chapeau pour la poupée qui n'en avait pas. Et les heures passèrent, si brèves, qu'elles n'entendirent pas rentrer Mlle Irène.

La vieille demoiselle s'arrêta sur le seuil de la chambre, charmée par le groupe gracieux que formaient sa sœur et Mireille.

— Je vois que vous êtes toutes deux complètement amies ! dit-elle enfin.

— Ah ! c'est toi, Irène !

Et le visage transfiguré, Paule lui sourit.

— C'est une transformation ! murmura Mlle de Montscorff.

Elle ne le disait pas seulement pour la malade, mais encore pour *sa fille*, comme elle l'appelait.

Aussi, le soir, dans ses prières, remercia-t-elle Dieu de toute son âme.

Paule éleva également ses pensées vers le ciel en lui criant son bonheur, et en le bénissant d'avoir envoyé vers sa solitude cette abandonnée qui avait déjà pris tout son cœur. En écoutant le souffle léger de la chère petite confiée à sa protection, elle disait avec élan :

— Je la garderai ; elle sera ma fille, mon amour, et elle me rendra tendresse pour tendresse.

CHAPITRE VI

UNE ESCAPADE DE PETITE BOHÈME

Les jours passèrent très doux pour Mireille sous le toit hospitalier des Magnolias. Son état de santé s'en était ressenti. Elle se levait quelques heures dans la journée, elle faisait même de courtes promenades dans le jardin, au bras de Paule, qui s'attachait de plus en plus à cette fillette aimable et tendre.

L'enfant avait revu Mme Kerlan avec un plaisir très évident ; elle avait été bien joyeuse de jouer avec Marie et Louis ; mais elle les avait quittés sans larmes, ses grands yeux noirs fixés sur cet horizon de beaux arbres qu'elle semblait ravie de contempler.

Cette petite nature rêveuse avait souffert de cette existence passée dans la roulotte, où sans Juana elle aurait été si malheureuse ; elle se complaisait maintenant dans ce milieu exquis, près de ces femmes distinguées, de cette nature entrevue si belle à travers les grilles qu'elle ne pouvait encore franchir. Elle renaissait à la vie par la tendresse et le bonheur.

Le docteur qui venait la voir chaque jour avait défendu tout nouvel interrogatoire.

— Son état maladif aura bientôt complètement disparu ; gardons-nous bien d'arrêter ce retour vers la santé par des questions qui ne nous feraient sans doute aboutir à rien.

La note concernant l'abandon, publiée dans plusieurs journaux, n'avait en effet apporté aucun résultat.

Mireille, du reste, ne faisait nulle allusion à sa vie antérieure. Elle était très gaie, très gentille, causant volontiers de toutes choses, mais jamais elle ne se prêtait à un retour vers le passé. Le voile du mystère tombait donc sur ces années inconnues de ses amis en plis de plus en plus épais.

C'est que la petite fille avait bien souvent réfléchi sur tous ces événements, survenus en si peu de jours, pendant les longues heures qu'elle passait au lit, ses grands yeux fermés, comme si un lourd sommeil s'était emparé d'elle. On la laissait seule en ces moments, et dans la solitude de cette chambre amie, elle songeait à la roulotte, à Juana, à Marcello.

Moins que jamais elle accusait sa mère ; mais elle se disait que tout ce qui était arrivé avait été voulu par elle. Ne se souvenait-elle pas des réflexions de cette femme si bonne toujours !

— Je te voudrais heureuse, ma Bianca ! lui disait-elle en l'embrassant avec toute sa tendresse. Que ne puis-je donner les jours qui me restent à vivre pour que ce bonheur soit à jamais ton lot ! Je préférerais ne plus te voir, si je pouvais à ce prix payer ton entière félicité.

Et Mireille croyait, et fermement, que Juana l'avait suivie, invisible à tous, d'abord chez Mme Kerlan, ensuite au château ; puis elle était partie, satisfaite, après s'être assurée que sa fille aimée avait enfin trouvé le port.

Avec un grand fonds de naïveté, cette fillette de neuf ans avait parfois des éclairs de raison surprenants, tant le malheur mûrit.

— Tu n'as pas parlé, ô mère ! se murmurait-elle pendant ces ressouvenirs silencieux. Je ne parlerai pas. Je ne dirai jamais ce que tu fus pour moi, parce qu'il faudrait nommer le maître méchant qui nous faisait souffrir. Mais je ne t'oublierai pas, crois-le, et lorsque tu voudras revenir, ta Bianca en sera bien heureuse.

Et des larmes roulaient alors des grands yeux fermés sur les petites joues pâles.

Un jour que Paule était entrée au milieu de cette explosion de regrets, elle avait embrassé les fins cheveux brunis en murmurant :

— Elle pleure !...

Alors Mireille l'avait regardée avec un clair sourire, où perçait cependant une certaine tristesse.

— Je faisais un vilain rêve ! dit-elle. Tu as bien fait de me réveiller.

Elle avait adopté de suite le tutoiement familier vis-à-vis de la jeune femme et de Mme Kerlan ; elle disait « vous » à Mlle Irène, et n'avait pas avec elle ces épanchements qui faisaient la joie de Paule, restée très jeune de caractère au milieu de cette nature rajeunissante. Mais avec cet illogisme digne d'une enfant, elle la nommait très respectueusement Mademoiselle en lui disant ce « tu » si tendre. Et Paule, rieuse, la laissait faire à sa guise, en songeant que plus tard elle changerait ce titre en un autre plus doux.

C'était toujours vers la campagne aux vertes prairies, où passait le Scorff jaseur, que la petite fille aurait voulu diriger ses pas ; sa conductrice lui disait encore :

— Un peu de patience, Mireille ; lorsque tes forces seront complètement revenues, nous te donnerons la clé des champs.

— Mais je suis forte, Mademoiselle ! Veux-tu que je te le prouve en montant dans cet arbre ?

— Oh ! comme un gamin ! Une petite fille ne doit pas le faire ; ne le sais-tu pas ?

L'enfant se mordait les lèvres, et sous prétexte d'une fleur à cueillir, qu'elle venait ensuite offrir à Paule, elle s'éloignait sans répondre.

Un matin, Mireille s'éveilla de meilleure heure que de coutume ; l'aurore pointait à peine au-dessus des grands arbres bordant la rivière, qu'elle sautait du lit, et allait à la fenêtre, toujours ouverte d'après l'ordre du docteur.

Dans sa longue chemise de nuit, avec les fines boucles auréolant son doux visage, elle semblait un bel ange qui, les mains jointes, adore Dieu dans ses œuvres. Elle avait en effet l'habitude de croiser ses doigts effilés quand une chose excitait son admiration. Et ce matin, comment n'aurait-elle pas admiré le jardin fleuri qui déroulait ses symphonies de nuances et de parfums à l'infini !

Mireille avait un enthousiasme sans bornes pour la nature, comme si ses beaux yeux striés d'or s'étaient ouverts, ainsi que deux fleurs sombres, à l'ombre des bois murmurants. Toute petite, alors que la roulotte de Marcello s'arrêtait en pleine campagne, l'enfant s'en élançait pour aller cueillir toutes les fleurs qu'elle rencontrait sur son chemin.

Lorsque ses petits pieds étaient las, elle s'asseyait dans l'herbe, sous l'ombrage d'un arbre ou d'une haie fleurie, et elle observait, dans un ravissement qui lui paraissait exquis, toutes les délicates merveilles qui l'entouraient. Elle écoutait chanter les oiseaux, murmurer les abeilles ; elle caressait les mousses et buvait dans le creux de sa main à l'eau des sources fraîches qui gazouillaient sous les ramilles.

Au retour, Marcello la grondait parce qu'elle n'avait pas assisté à la répétition ; mais elle emportait dans son regard et dans sa mémoire trop de reflets et de souvenirs pour se désoler des reproches. Puis, Juana n'était-elle pas là pour effleurer sa joue d'un baiser et mettre dans un vase la gerbe rapportée, afin qu'elle en eût plus longtemps la joie des couleurs et des parfums !

Ce beau matin de mai qui la trouvait dès l'aurore à sa fenêtre la tentait comme autrefois l'espace vu de la lucarne grillée de la roulotte. Elle n'y put résister.

Personne n'était encore levé dans la maison, mais n'avait-elle pas la glycine du balcon pour arriver jusqu'au jardin ? Une petite gymnaste de sa force ne pouvait s'arrêter devant une porte fermée, quand la fenêtre se trouvait ouverte par l'ordre de la Faculté. Elle s'habilla sans bruit, et bientôt elle enjambait le balcon et descendait agilement parmi les grappes embaumées des glycines.

Paule, qu'une insomnie provoquée par un léger mal de tête avait tenue éveillée pendant les premières heures de la nuit, dormait à ce moment d'un lourd sommeil.

La fillette ne fit qu'un bond jusqu'au parc où miroitait le petit lac sous les rayons argentés du soleil levant. Oh ! voir cette eau que traversait le Scorff, sur laquelle flottaient l'ombre remuante des branches et les fleurs des nénuphars ? Il y avait bien des jours qu'elle le demandait à Paule. La jeune femme craignait la fraîcheur de l'eau pour la convalescente qu'une petite fièvre minait encore, et, malgré les mots tendres et les mines imploreuses, elle résistait.

Et aujourd'hui Mireille y touchait, à ce lac en miniature ; elle pouvait y mirer sa fine silhouette dans le fond sombre tendu par les grands arbres. Elle resta d'abord les doigts croisés, admirant et murmurant sa prière du matin devant le clair miroir teinté de l'azur du ciel. Elle ne songea même pas à demander pardon à Dieu de cette désobéissance envers celle qui la chercherait vainement tout à l'heure dans sa chambre.

L'enfant avait vécu presque sans frein jusqu'alors, Juana la laissait aller et venir à sa guise quand le maître n'était pas là ; elle ne croyait donc pas mal faire.

Elle avisa bientôt une barque blanche, aux rames légères, attachée simplement à un tronc d'arbre. Une promenade en bateau, sur cette eau limpide, devait la tenter. Elle défit la corde de ses doigts nerveux, sauta dans la barque, et, saisissant les rames, elle fut bien vite au beau milieu de l'étang, là où commençaient à s'entr'ouvrir quelques nénuphars à la pâleur rosée. Elle se pencha et en cueillit quelques-uns qu'elle tressa en guirlande, afin d'en orner ses cheveux flottants. Ainsi coiffée, avec sa robe blanche, serrée à la taille par un ruban bleu, elle semblait la fée des ondes se promenant sur son liquide domaine.

En cet instant, Mireille avait tout oublié. Elle ne pensait plus qu'à jouir de cette splendide matinée qui paraissait s'être levée pour elle. Soudain son nom prononcé par une voix affolée la fit tressaillir : c'était Paule qui la cherchait.

A son réveil, la jeune femme s'était rendue près du lit de l'enfant comme elle en avait l'habitude ; quel fut son effroi en le trouvant vide ! Elle ne pensa qu'à une chose : les saltimbanques qui avaient abandonné la petite fille venaient de la lui ravir, maintenant qu'elle était guérie.

Elle descendit vivement, et cria à Victoire, la cuisinière, qui sortait dans le jardin :

— Avez-vous vu Mireille ?

— Non, Mademoiselle.

— La porte était-elle fermée à votre lever ?

— Comme d'habitude, Mademoiselle. Je suis sortie la première, puis Mlle Irène qui s'est rendue à Cléguer pour la messe.

— L'enfant n'est plus dans sa chambre !... dit Paule d'une voix défaillante.

Victoire eut un geste d'épouvante en levant ses larges mains vers le ciel, puis montrant à sa maîtresse une longue liane de glycine qui pendait, brisée.

— C'est par là que les ravisseurs l'ont enlevée !... gémit la jeune femme.

— Impossible, Mademoiselle ! Comment seraient-ils entrés dans le jardin ?

— Ces gens sautent par-dessus les murs les mieux gardés.

— L'enfant est peut-être descendue toute seule.

— Etes-vous folle, Victoire ? Une petite fille de cet âge, encore souffrante, tenter une pareille descente !

— Dame, Mademoiselle si elle est la fille d'un saltimbanque, elle sait sans doute faire des tours.

— Assez !... fit la jeune femme un peu sèchement.

L'idée de la domestique était peut-être la bonne. Aussi Paule se mit-elle à courir du côté du parc en appelant l'enfant.

Celle-ci s'empressait de ramer, afin d'atterrir et de rassurer Mlle de Montscorff. Elle s'en voulait de cette fuite matinale qui l'avait inquiétée. Mais le courant était fort sous la brise qui s'élevait avec le soleil, et les petites mains bien frêles pour diriger l'embarcation.

Aussi, quand Paule l'aperçut, ce fut pour tomber d'une inquiétude dans une autre.

— Mon Dieu ! s'écria-t-elle, si elle allait mourir, là, sous nos yeux !...

L'enfant elle-même s'affolait.

— Je ne puis plus !... balbutia-t-elle.

Heureusement qu'à cet instant critique Guillaume accourut, attiré par les cris des deux femmes, et,se jetant à l'eau, il ne tarda pas à atteindre la barque. Bientôt il remettait la petite toute tremblante à sa maîtresse.

Devant la pâleur de sa bienfaitrice, Mireille vit combien elle avait été coupable ; elle lui tendit les bras, tout en pleurs.

— Près de ce lac où tu as failli laisser la vie, imprudente enfant, jure-moi de ne plus recommencer.

— Oh ! je te le jure ! jamais, jamais plus !... Mais je voulais tant voir le lac, et il était si beau au soleil levant !...

Devant cet enthousiasme persistant malgré le danger couru, la jeune femme ne put retenir un sourire.

— Tu ris, Mademoiselle, fit Mireille en battant des mains, donc tu n'es plus fâchée !

L'on s'empressa de recoucher la petite téméraire.. Mais en s'appuyant, rêveuse, au balcon enguirlandé de glycines, Paule se répétait :

— Est-ce l'enfant d'un saltimbanque ? L'a-t-il volée à sa famille ? Qui me dévoilera ce mystère ?

CHAPITRE VII

ENTRE DEUX TENDRESSES

L'escapade de Mireille n'avait pas eu de suites. Elle était aujourd'hui complètement guérie et pouvait jouir de cette nature aimée en ce splendide mois de mai où s'étale la pleine saison printanière.

Elle s'était de nouveau promenée sur le lac dans la barque blanche, mais cette fois Paule était près d'elle, et, sans crainte du péril, elle pouvait se laisser bercer sur l'onde frémissante. Et les courses folles dans les prairies, le repos sur le foin séché qui répandait un suave parfum ! Et les promenades au bord du Scorff, près du moulin !

Qu'il était pimpant et gracieux, ce moulin, dans la blancheur de sa façade, où s'ouvraient les fenêtres enguirlandées des festons de la vigne, et la porte hospitalière où jamais un pauvre n'avait attendu vainement ! Il s'élevait assez près du manoir, et les châtelaines le visitaient plutôt que la ferme, dont le bois les séparait.

Il était si joli, ce chemin creux et ombragé qui y menait ! Chaque saison lui apportait des fleurs nouvelles. Les aubépines et les églantiers y neigeaient sur la mousse étoilée ; puis les chèvrefeuilles qui enlaçaient au moindre appui leurs grappes roses et embaumées ; enfin les grands houx aux feuilles brillantes, où les baies rouges éclataient, si réjouissantes.

Mireille le prenait souvent, ce sentier. Elle était si bien accueillie dans ce moulin où riaient deux petites filles de son âge !

Et la pauvre enfant qu'un travail ingrat et détesté attendait jadis chaque jour se trouvait infiniment heureuse de cette affection attentive qui l'entourait au château, de ces respectueuses prévenances des fermiers et des meuniers. Ils la considéraient comme la fille adoptive de leurs propriétaires, et le lui prouvaient en la comblant de soins et de gâteries.

Lorsqu'elle était lasse de ses courses, elle venait se blottir dans le hamac soyeux suspendu aux branches de deux grands magnolias dont les parfums la portaient au sommeil. Quand il tardait à descendre sur ses longues paupières, Paule balançait d'une main douce la couche aérienne, en chantant une lente mélopée, et l'enfant s'endormait en lui souriant.

Aussi quelle surabondance de vie était en elle, maintenant que toute trace d'anémie et d'épouvante morale avait disparu !

C'était l'épanouissement d'une belle fleur que l'absence de soleil a empêchée de se développer et qui se hâte de s'ouvrir à ses rayons.

On lui laissait pleine liberté de jouer et de courir à sa fantaisie. Le Dr Conlau avait cessé ses visites de médecin, il ne venait plus qu'en ami aux Magnolias. Du reste, le grand air, le calme et les douches avaient été les seuls agents appelés pour assurer la guérison de la petite fille.

On pouvait maintenant la mieux juger, et Mlle Irène, qui n'avait pas pour elle l'esprit enthousiaste de sa sœur, était forcée d'avouer que sa nature franche et douce, ses manières distinguées, sa joliesse en faisaient une délicieuse enfant, qu'on ne pouvait voir sans être pris par le charme émanant de toute sa mignonne petite personne.

Mme Kerlan continuait ses visites dominicales à sa fille adoptive. Chaque après-midi la voyait arriver, accompagnée de son mari et de ses enfants. Et Mireille attendait leur venue avec une impatience qui prouvait bien que son cœur n'était pas ingrat.

Quelle expansion à l'arrivée ! Combien elle semblait heureuse de recevoir leurs caresses ! Mais au départ elle n'avait plus de larmes. Si la jeune femme avait voulu l'emmener, elle aurait consenti, sans doute, mais non sans regret.

C'est que son petit cœur se partageait entre deux tendresses, c'est qu'en retrouvant l'une, elle perdrait l'autre, et elle était trop parfaitement heureuse au château pour vouloir en jamais partir.

La femme du contremaître le comprenait si bien qu'elle n'avait pas encore parlé du retour à Kerentrech. La jeune châtelaine y songeait aussi, mais avec l'intention bien arrêtée de garder Mireille et d'en faire sa fille.

Un après-midi pluvieux avait retenu les deux sœurs et l'enfant dans le petit salon donnant sur le jardin. Elles travaillaient à un splendide voile en guipure sur filet qu'elles destinaient à l'église de Cléguer pour en orner le maître-autel. Mireille, sa poupée entre les bras, lisait sagement un livre illustré de belles gravures, assise câlinement aux pieds de Paule.

La fenêtre entr'ouverte laissait arriver vers elles les parfums si suaves des fleurs après l'averse. Une atmosphère de paix et de sérénité régnait dans le charmant décor de ce salon, orné d'étoffes orientales aux teintes vives, aux dessins si décoratifs.

La physionomie noble et calme toujours de Mlle Irène, le sourire épanoui de Paule, la grâce pénétrante de Mireille, dans sa robe blanche aux nœuds pourpres, ajoutaient encore au charme qui en émanait. C'était un reposant tableau d'intérieur pour l'étranger qui aurait jeté un regard dans cette salle exiguë, si coquette sous ses fleurs et ses verdures.

— La grand'mère, la mère et la fille, aurait-il pensé.

Et le fait est que, après deux mois de résidence au manoir, l'enfant s'était tellement identifiée avec ces dames qu'elle semblait faire partie intime d'elles-mêmes.

La plus jeune des Montscorff eut-elle cette idée ? On aurait pu le croire. Elle regarda l'heure à une mignonne montre en or émaillé qui pendait à sa ceinture, et dit à l'enfant :

— Rejoins Thérèse, chérie, elle va te donner ton goûter.

— Tu ne m'accompagnes pas, Mademoiselle ?

— Pas maintenant.

Mireille quitta la pièce après avoir tendu le front vers la jeune femme pour en obtenir un baiser.

— Je voulais te parler de Mireille, ma chère Irène, dit Paule.

La sœur aînée piqua son aiguille dans la fine dentelle, et relevant le front, elle répondit :

— Au sujet de son installation définitive ici, n'est-ce pas ?

Paule eut un cri de joie.

— Combien tu es bonne de m'avoir comprise ! Tu consentirais ?

— Le moyen de te priver de la jolie poupée vivante avec qui tu t'entends si bien ?

— Oui, je l'aime, oui, j'en voudrais faire une jeune fille aimable et distinguée ! Notre vieillesse serait trop triste dans cette solitude.

vois-tu, Irène ; cette belle jeunesse en sa fleur l'égayera.

— Mais si elle est la fille d'un de ces gitanes qui courent les foires, ne crains-tu pas que certains instincts de race ne s'éveillent en elle ? Prends garde à l'atavisme, sœurette !

— L'éducation réforme tout. Près de nous, dans ce milieu paisible, Mireille perdra tout ce qu'elle peut avoir de mauvais en elle. Puis j'hésite à la croire fille de bohémiens. Elle a une distinction naturelle qui me prouve que ses ascendants étaient vraiment d'un monde égal au nôtre. De plus, elle n'a pas ces mensonges, ces détours innés chez les enfants de ces gens parfois sans aveu. Je persiste à penser que Mireille a été volée à sa famille, puis abandonnée.

— Et si cette famille se retrouvait ?

— Je ne le suppose pas. Il n'a pas été fait de réponse à cette note insérée dans les journaux, et il est bien tard maintenant pour en recevoir une. Mais si cela arrivait, j'aurais la douce satisfaction de lui rendre l'enfant saine d'esprit et de corps.

— Que ta volonté soit faite, chérie ; je ne demande qu'une chose : ton bonheur. Comment Mme Kerlan prendra-t-elle cette adoption ? Elle paraît très attachée aussi à cette petite !

— Oui, mais elle a ses enfants qu'elle lui préfère. Et lorsqu'elle comprendra quels avantages en ressortiront pour Mireille, car tu seras de moitié dans l'œuvre salutaire, Irène, elle nous la laissera.

— Et qu'en pensera Lucie ? reprit Mlle Irène en souriant.

— Elle jettera les hauts cris, sans doute ; recueillir une enfant abandonnée lui semblera stupéfiant, à elle, si orgueilleuse de ses titres. Mais sa manière de voir n'influera nullement sur la mienne.

Cette Lucie dont parlaient Mlles de Montscorff était une petite cousine, mariée au baron de Cosquert. Ils habitaient un château dans les environs, mais seulement pendant la belle saison. L'hiver retrouvait la baronne à Paris, au milieu des fêtes mondaines qu'elle aimait et dont elle était une des reines par la beauté et la fortune.

Du même âge que Paule, elle sympathisait avec elle, malgré leurs idées et leurs goûts complètement différents ; elle venait très souvent surprendre ses cousines aux Magnolias avec son fils et ses deux fillettes qui aimaient beaucoup leurs parentes, si aimables toujours.

Le dimanche suivant, Paule avait entraîné Louise sous la charmille du jardin, et, lui prenant la main, elle lui avait dit bien franchement :

— Vous me laisserez Mireille, n'est-ce pas ?

— Pour toujours ? avait interrogé la jeune femme, une tristesse dans le regard.

— Oui. Dites-vous que si vous me l'enleviez je trouverais ma solitude plus grande encore, et songez que vous avez votre mari et vos enfants pour remplir votre vie.

Mme Kerlan ne résista pas à ces arguments qu'elle trouvait justes, et surtout à la muette prière contenue dans les grands yeux pleins d'émotion qui la regardaient. Elle refoula les larmes qui menaçaient de voiler ses claires prunelles, et serrant avec force les doigts qui tenaient toujours les siens :

— Vous avez autant de droits sur l'enfant que j'en puis avoir, dit-elle, émue ; toutes deux nous l'avons sauvée de la mort ; elle est vôtre, gardez-la... Si je peux l'aimer autant que vous, je ne saurais lui faire un avenir de tout repos, comme celui qu'elle trouvera à vos côtés.

— Merci !... répondit Mlle de Montscorff avec effusion.

Et attirant la jeune femme vers elle, elle l'embrassa comme une sœur.

La douceur de cette caresse amena les pleurs prêts à couler.

— Vous me permettrez de la voir souvent, n'est-ce pas ? balbutia Louise.

— Lorsque vous le voudrez. Et quand vous désirerez la garder quelques jours chez vous, j'en serai toujours heureuse.

Les deux jeunes femmes revinrent vers la pelouse où les enfants s'amusaient, joyeux.

— Dis-nous au revoir, Mireille, dit Mme Kerlan à la petite fille qui venait à elles.

— Vous partez ?... fit-elle. C'est bien tôt ! Mais vous reviendrez dimanche ?

— Certainement, si du moins tu es heureuse de nous revoir.

— Oh ! tu n'en doutes pas, dis ?

Et elle embrassait la jeune femme.

— Non. Voudrais-tu revenir à Kerentrech ?

Le regard de Mireille s'angoissa.

— Pour toujours ?... demanda-t-elle.

Et devant le silence gardé par Louise, elle regarda Paule, témoin muet de cette petite scène, et d'un air où une immense anxiété perçait :

— C'est que je ne voudrais pas la quitter ! je l'aime, je l'aime !...

Elle s'arrêta, craignant d'en trop dire, et finalement elle courut se blottir dans les bras que Mlle de Montscorff lui ouvrait.

— Vous le voyez, murmura Mme Kerlan, elle a choisi d'elle-même.

Mireille comprit-elle ? Toujours est-il qu'elle rapprocha celles qui avaient été pour elle les plus dévouées des mères, et dit en regardant la femme du contremaître de ses grands yeux :

— Tu as Marie et Louis, toi, et Mademoiselle n'aurait plus de petite fille, si je la quittais...

Sa voix était si tendre en parlant ainsi, qu'elle semblait demander pardon de la préférence accordée à Paule.

Les jeunes femmes, émues jusqu'aux larmes, embrassèrent l'enfant. Louise ajouta :

— Tu juges bien les choses, mignonne ; reste au château, puisque Mademoiselle le désire ; mais ne crains rien, mon affection m'y fera souvent revenir.

Le soir, lorsque Paule alla la border dans le grand lit aux tentures d'azur, elle se pencha jusqu'à sa jolie tête déjà tout ensommeillée, et lui dit tout bas :

— Maintenant, chérie, que tu deviens ma fille, ne veux-tu pas m'appeler maman ?

Mireille se dressa d'un bond sur ses oreillers, et enlaçant le cou de cette mère si belle qui s'offrait à sa tendresse, elle l'embrassa follement en lui disant :

— Oh ! oui, tu seras ma maman ! Elles sont

si bonnes, les mères, si bonnes !... J'en ai trois, et je les aime toutes, toutes !...

La jeune femme avait pâli : allait-elle apprendre enfin le secret que ces lèvres d'enfant détenaient ?

— Comment se nomme la troisième maman ? interrogea-t-elle. Est-ce de ma sœur Irène que tu veux parler ?

— Non ! fit-elle.

Puis, se ressaisissant :

— Oui, oui, Mlle Irène en sera aussi une pour moi.

— Mais avant Mme Kerlan, tu avais une petite mère qui t'aimait bien, et te brodait de jolies robes ?

La petite fille eut un air effrayé, puis cachant son visage dans l'oreiller, elle murmura :

— Oh ! que j'ai sommeil !...

Force fut à la jeune femme de la laisser dormir, en cessant de l'interroger sur ce sujet, puisqu'il était manifeste qu'elle ne voulait rien dévoiler. Et puis, qu'importait ? L'enfant était maintenant bien à elle, à quoi bon rechercher son origine ? Le mystère planait sur ce passé, Paule n'essayerait plus de le dévoiler. Elle se contenterait d'aimer Mireille et d'en être aimée.

CHAPITRE VIII

L'ÉDUCATION DE MIREILLE

Devenue la maîtresse absolue de l'enfant tant désirée, Paule voulut en être le professeur, afin de l'avoir tout à elle. Pour l'aider dans cette éducation qu'elle désirait complète, elle prit comme gouvernante Mlle Yvonne Le Thiennec, la fille d'un notaire de Pont-Scorff, que la mort de son père obligeait à chercher une situation. Elle devait remplacer Mlle de Montscorff lorsque l'enfant préparait leçons et devoirs, et pendant les récréations, afin que Mireille ne fût jamais seule.

Cette jeune fille avait une vingtaine d'années ; elle était douce et bien élevée. Son instruction assez étendue lui aurait permis de se placer comme institutrice ; mais elle n'avait pas ses brevets. Elle fut donc très heureuse d'être appelée aux Magnolias, près des châtelaines, si bonnes à tous, et non loin de sa mère qu'elle pouvait aller voir chaque dimanche.

Le sacrifice de sa fille permettait à Mme Le Thiennec de laisser ses deux fils au collège de Lorient, et de continuer à vivre à Pont-Scorff d'une modeste rente qui suffisait amplement à sa simple vie.

Yvonne s'attacha bien vite à cette petite aimable et studieuse. Mireille, qui ne demandait qu'à être aimée, l'affectionna aussi. Cette réciprocité rendait les rapports très faciles entre l'élève et la sous-maîtresse.

Mlles de Montscorff ne s'étaient pas trompées en supposant leur cousine Lucie hostile à cette adoption.

Mme de Cosquert arriva un matin au château avec un visage tout bouleversé.

— Que m'apprend-on ? dit-elle. Vous acceptez comme vôtre une enfant venue on ne sait d'où ! Je ne puis le croire !

— Cela est très vrai, Lucie, lui répondit doucement Paule. Nous voyons une bonne œuvre à faire, notre situation de fortune nous le permet, nous nous hâtons de nous y employer.

— Vous lui donnerez sans doute le nom des Montscorff, à cette petite aventurière ? interrogea-t-elle, son fin sourcil froncé.

— Il n'est pas encore question de nom pour le moment; elle répond simplement à celui de Mireille, dit Mlle Irène.

— Veux-tu voir la fillette, Lucie ? demanda Paule, qui sentait l'orage gronder et ne voulait pas le laisser éclater.

— Non, vraiment ! s'écria la jeune femme révoltée. Je ne m'abaisserai pas à parler à cette fille. Et je vais vous avouer bien franchement que si vous persistez dans cette adoption ridicule, je ne viendrai plus au château. Je ne veux pas que mes enfants soient mis en contact avec cette abandonnée qui doit avoir la plus déplorable éducation, les plus mauvais instincts.

— La colère t'aveugle, Lucie, reviens à toi ! fit Paule, désolée de la tournure que prenait l'entretien. Cette petite Mireille est charmante, et tu pourrais sans crainte la laisser avec tes filles ; elle ne saurait leur nuire, au contraire.

— Oui, dis donc qu'elle leur est supérieure en tout. D'où vient-elle ? Où a-t-elle été élevée avant d'être jetée sur le chemin? Tu ne peux me le dire, n'est-ce pas ? ajouta-t-elle, triomphante.

— Nous pouvons te dire une chose : elle était malheureuse et nous l'avons secourue ! dit Mlle Irène gravement.

— Et nous ne la délaisserons jamais ! acheva Paule.

— Vous n'avez jamais aimé vous entourer que de petites gens ! fit la baronne avec mépris. Mais jusqu'à plus ample information, je ne reviendrai plus.

Et elle était partie, laissant ses cousines révoltées de son manque de cœur.

— Je l'avais mieux jugée ! s'écria Paule. Qu'elle nous laisse, puisque cette enfant la gêne ; nous ne la sacrifierons pas à son orgueil.

Mais la jeune femme souffrait malgré tout de ce délaissement.

Mlle Irène, dont l'exquise nature ne comprenait pas la jalousie, était charmée de l'introduction de la petite inconnue dans leur solitude : elle voyait un tel bonheur rayonner sur le visage de sa sœur ! Plus de ces tristesses qui assombrissaient ses yeux clairs, et penchaient sa taille, restée flexible comme les joncs de la rive. Des sourires, de la gaieté dans les reparties, des courses, avec Mireille dans les prés ensoleillés, où leurs chansons joyeuses répondaient à celles des oiseaux.

— Il fallait un aliment à cette activité dévorante, se disait-elle, et la Providence a envoyé cette enfant vers nous, pour sauver Paule d'une vieillesse prématurée et sans joies.

Aussi, un jour, pendant le déjeuner, Mireille l'ayant appelée Mademoiselle, elle la reprit doucement.

— Dis-moi tante Irène, lui dit-elle avec un bon sourire, puisque ma sœur est devenue ta maman.

Cette amabilité mérita à la vieille demoiselle,

un baiser bien tendre de Paule, qui redoutait toujours de lui déplaire par son trop grand attachement à la petite étrangère.

Au lit de mort de sa mère, elle avait promis de la remplacer auprès de la jeune fille et de n'avoir jamais en vue que son entière félicité, même au dépens de la sienne. Elle tenait parole. Le destin ne lui avait pas permis de la lui donner complète, cette félicité; une affection malheureuse avait embrumé sa jeunesse de larmes ; mais, comme une douce fleur perçant la neige, Mireille était venue, amenant la sérénité dans cette âme désillusionnée.

On avait transformé une chambre de la tourelle en salle d'études, et chaque matin, penchée sur ses cahiers, ou son front intelligent levé vers le visage de sa patiente institutrice, Mireille écrivait et écoutait. Très docile, désireuse d'apprendre, elle faisait d'étonnants progrès qui émerveillaient Paule.

L'instruction de la fillette avait été commencée par Juana, qui avait fait de bonnes études dans un couvent de France. Toujours poursuivie par ses idées sur l'enfant recueillie par son mari, c'est la langue française qu'elle lui avait enseignée. Il était donc très facile de continuer l'œuvre, avec une intelligence aussi vive que celle de Mireille.

L'art de la musique n'était pas négligé. Devant le grand piano à queue qui avait encore des sons harmonieux et purs, la jeune comtesse installait la mignonne petite, qui, sans se laisser décourager par les difficultés des débuts, répétait gamme après gamme.

Aussi quel triomphe, lorsque, pour l'anniversaire de naissance de Mlle Irène, qui arrivait le jour de l'Assomption, double fête pour ces cœurs fervents, la maîtresse et l'élève purent jouer une sonate à quatre mains ! Mireille y égrenait seulement quelques notes, l'accompagnement et une partie du chant étant faits par Paule, mais elles étaient frappées avec justesse et mesure.

Le salon, ce soir-là, avait été splendidement illuminé.

Outre la gouvernante que son excellente éducation faisait admettre près de ces dames, Mlle Alice Rindon, jeune receveuse des postes de Cléguer, qui venait parfois jouir de la compagnie des deux châtelaines, y avait été aussi appelée. L'harmonie était complète entre ces personnes de conditions cependant fort différentes, mais dont les âmes savaient vibrer aux plus nobles sentiments. Et quel joli trait d'union elles avaient entre elles !

Toujours vêtue de blanc, la nuance préférée de Paule, ses cheveux bruns enguirlandés de clématites, Mireille allait et venait dans la pièce immense, comme une jolie fée auréolant tout de sa chère présence.

Et la soirée s'écoula très douce pour toutes, surtout pour Mlle Irène, *la reine de la fête*, avait dit la petite fille. Et pour cette raison elle avait, de ses doigts habiles, piqué une rose pâle dans les ondes épaisses des cheveux argentés, et une seconde au corsage.

— Oh ! tante Irène, s'était-elle écriée après avoir ainsi paré la vieille demoiselle, vous ressemblez à la belle dame de la galerie, celle qui porte une robe de soie noire comme la vôtre et des roses pareilles à celles-ci !

— Tu veux parler de la comtesse Irène de Montscorff ; elle était la femme de ce comte Paul qui ne quittait pas le palais de Versailles, alors que Louis le Grand y résidait. C'était une de nos aïeules, et l'intime confidente de la reine Marie-Thérèse. Ainsi que moi, la beauté n'avait pas été son partage, ajouta-t-elle avec un sourire.

— Mais elle avait la noblesse de l'attitude et du cœur, s'écria Paule, et de ce côté tu lui ressembles bien, chère Irène !

— Que ces temps sont loin de nous, et combien notre famille, si nombreuse alors, a été décimée depuis !

Une certaine tristesse s'était répandue sur la figure énergique de l'aînée des Montscorff, après ces paroles. Songeait-elle à ces soirées passées dans cette Galerie des Glaces du château de Versailles, où son aïeule avait le droit de s'asseoir près de la reine, avec les plus grandes dames du royaume, et de celles qu'elles passaient, elles les dernières du nom, dans ce petit manoir, ayant à leurs côtés une modeste receveuse des postes, une simple gouvernante et une enfant inconnue provenant peut-être de parents placés au bas de l'échelle sociale ? Elle ne fit pas connaître ses pensées. Secouant sa tête altière, comme pour en chasser les derniers regrets, elle dit en souriant à Alice :

— Voulez-vous chanter avec Paule ce duo de Mendelssohn où vos voix s'unissent si bien, ma chère enfant ?

La jeune receveuse s'empressa de satisfaire ce désir en rejoignant au piano la musicienne qui s'y trouvait encore.

C'était une brune, au visage sympathique, dont les grands yeux mordorés avaient une douceur pénétrante. Elle avait perdu sa mère à sa naissance. A la mort de son père, officier sans fortune, elle fut forcée de chercher un emploi. Elle était restée aimable et bonne, dans cette position nouvelle, souvent pénible, surtout en cette solitude où elle vivait. La Providence, qui mesure le vent à la brebis tondue, avait eu pitié de cette détresse, et elle avait été nommée à Cléguer. Tant de courage toucha Mlles de Montscorff qui avaient pour l'isolée une véritable affection.

Les deux jeunes femmes formaient un groupe délicieux près du grand piano se détachant sur une admirable tapisserie des Gobelins. Alice, dans une robe d'un gris argenté aux passementeries blanches ; Paule revêtue d'une toilette de soie d'un bleu pâle, brochée de fleurs plus pâles encore.

Des roses ornaient aussi leurs chevelures et leurs ceintures. Ainsi l'avait voulu Mireille, qui, avec un tact étrange chez une si jeune enfant, avait choisi des fleurs de neige pour parer Yvonne, la blonde orpheline, si frêle sous ses vêtements sombres.

Et le duo harmonieux du maître réunit les deux voix fraîches et pures en des envolées qui faisaient rêver des flots bleus, caressés par le zéphir, que les strophes cadencées retraçaient.

— C'est sur l'eau que cette mélodie devrait se chanter avec un accompagnement de guitare, dit Paule, en pivotant sur sa banquette, le morceau terminé. Par cette belle soirée, elle serait plus délicieuse encore.

— Allons sur le lac ! s'écria Mireille ! Oh ! voulez-vous ? Cela sera si charmant !

Et déjà elle se levait et semblait implorer leur assentiment.

Toutes rirent de cet enthousiasme.

— Nous allons prendre une tasse de thé, dit Mlle Irène, ensuite nous irons reconduire Alice, et chacune regagnera sa chambre. Il est trop tard pour songer à aller chanter sur le lac.

— Mais un autre soir, vous le permettrez, n'est-ce pas, tante Irène ?...

La voix de la petite fille se faisait insinuante.

— Oui, oui, petite enjôleuse ! En attendant, passons dans la salle à manger.

Et bientôt, sous le doux éclat de la lune et du ciel étoilé, par ce chemin creux bordé de bruyères à la délicate senteur, le petit groupe s'acheminait vers Cléguer.

Et c'était toujours l'instruction de Mireille que toutes avaient en vue. Le firmament étincelant faisait ce soir-là le sujet de la conversation, comme dans une promenade matinale c'eût été la flore charmante des prairies et du bord de la rivière. On nommait à l'enfant quelques-unes de ces merveilleuses étoiles, fleurs d'or de la voûte céleste, en lui faisant connaître en même temps la bonté et la puissance de Dieu.

Mireille, élevée par Juana, dont la piété était grande malgré ses fautes, était elle-même excessivement pieuse. C'était toujours avec une joie très vive qu'elle se rendait à la messe chaque dimanche, et assez souvent dans la semaine, depuis que sa santé le lui permettait.

Paule avait commencé à lui faire étudier le catéchisme ; elle désirait qu'elle pût être prête pour la première Communion au mois de mai suivant, et c'est de tout cœur que la petite fille s'initiait aux préceptes et aux mystères de notre religion.

La nature de Mireille était extrêmement poétique et tendre. Aussi son livre par excellence était l'Histoire Sainte, qu'elle se plaisait à relire avec un intérêt toujours nouveau. La scène si gracieuse de la moisson où Ruth rencontra Booz, celle si touchante de Joseph vendu par ses frères, le berceau de Moïse aperçu sur le Nil par la fille de Pharaon la ravissaient.

Puis c'était la naissance de l'Enfant-Dieu, avec son cortège d'anges, de bergers et de mages. Oh ! cette nuit de Noël, avec quelle impatience elle en attendait la venue !

— Car nous irons à la messe de minuit, n'est-ce pas, maman ? disait-elle.

Et Paule était si remuée par ces deux syllabes, dites par cette voix caressante, elle qui ne croyait jamais les entendre, qu'elle promettait tout dans un baiser.

Elle voulut faire connaître Lorient à *sa fille*. Il fallait bien l'initier à l'histoire des grands hommes dont les statues en ornent les principales avenues. Une d'entre elles captivait surtout la jeune femme, c'était celle de Brizeux, le poète des *Bretons* et de *Marie* ; elle l'aimait parce que, comme elle, il avait chéri sa Bretagne, il l'avait chantée et fait glorifier.

— Si tu le veux, Mireille, dit-elle un beau matin d'août, que le soleil légèrement voilé par quelques nuées blanches ne donnait qu'une chaleur tempérée, si tu le veux, nous nous rendrons à Lorient, que tu ne connais pas. Après avoir visité la ville et le cher docteur, nous passerons par Kerentrech pour embrasser tes petits amis Kerlan.

Et l'enfant avait commencé par embrasser sa *mère*, comme pour la remercier, mais son sourire était contraint.

Bientôt, conduites par Guillaume, elles roulaient sur la grande route, confortablement assises dans la légère voiture.

Cette phrase dite par Paule revenait à l'esprit de Mireille en voyant apparaître les premières maisons de la sous-préfecture. Ne pas connaître Lorient ! Avec quel frisson d'angoisse au contraire elle se rappelait cette place d'Alsace-Lorraine ! Elle y avait tant souffert pendant ces représentations qui la mettaient au supplice, surtout dans cet état de faiblesse où la jetait l'anémie dévorante !

Et cette église Saint-Louis, au lourds piliers, où Juana l'avait menée un soir, comme si elle n'eût pas osé affronter les regards sous la pleine lumière du jour. Elle y avait entendu pleurer la malheureuse femme, aux pieds de cette Vierge dont le miséricordieux sourire était pourtant fait pour consoler et pardonner. C'est avec une réelle tristesse qu'elle passa dans ces rues, en cherchant inconsciemment parmi tous ces visages inconnus les grands yeux noirs de Juana.

Elle était vide de baraques et de roulottes, cette place d'Alsace-Lorraine, quelques rares passants la traversaient, et les grands arbres ne jetaient plus leurs ombres sur la foule joyeuse.

Paule s'était aperçue de cette attitude attristée qu'elle n'avait pas vue chez la petite fille depuis de longs jours. Et sur sa remarque déjà alarmée :

— Je suis un peu fatiguée, avait-elle répondu.

— C'est l'air raréfié de la ville qui en est la cause, chérie ; tu es habituée maintenant à la paix des champs. Aussi allons-nous y retourner.

Elles se rendirent tout d'abord chez le Dr Conlau dont l'aimable femme combla Mireille de caresses et de friandises. Après avoir parcouru la Bôve, où s'élève la belle statue en marbre blanc du compositeur Victor Massé, la place Bisson, avec le monument du héros lorientais de ce nom, elles arrivèrent au square où le doux chantre de la Bretagne sourit à la mer au milieu des fleurs.

Mireille s'était un peu ressaisie, et lorsque Paule voulut remettre à un autre moment le pèlerinage au cimetière où se trouve la tombe du poète, elle insista pour y aller.

— Ma fatigue commence à se dissiper, dit-elle ; puis je ne l'augmenterai pas, puisque je n'ai pas à marcher.

La voiture se dirigea vers Carhel, où la nécropole des Lorientais s'étale devant les flots mouvants, avec ses grands beaux arbres et ses murs revêtus de lierre.

Sympathisant avec tout ce que Mlle de Montscorff aimait, ce fut d'un air recueilli que l'enfant s'agenouilla sur le tombeau de Brizeux.

— Tu vois, Mireille, le chêne qu'il avait désiré ombrage son buste.

Et Paule murmurait :

Vous mettrez sur ma tombe un chêne, un chêne [sombre,
Et le rossignol noir soupirera dans l'ombre :
« C'est un barde qu'ici la mort vient d'enfermer ;
» Il aimait son pays et le faisait aimer. »

Il fallut songer au retour, malgré le charme qu'éprouvaient ces deux natures poétiques à errer entre les tombes fleuries par ce bel après-midi, où une brise fraîche soufflait de la mer. Elles regagnèrent la voiture et furent bientôt à Kerentrech, après avoir retraversé Lorient.

Quel accueil chaleureux Mireille reçut dans la petite maison du faubourg ! C'était aussi un foyer qu'elle retrouvait là !

Et l'enfant pieuse, en quittant les nobles cœurs qui l'habitaient, remerciait Dieu de toute son âme, car elle se dirigeait encore vers un autre intérieur où battaient des cœurs nobles et bons dont elle était la petite reine.

DEUXIÈME PARTIE

L'INCONSOLÉE

CHAPITRE PREMIER

LE CASTILLO DES ROSES

Les Baléares !

A ce nom, quelle évocation de ciel d'azur se reflétant dans la mer immense, de fleurs et de parfums, de vols d'hirondelles et de chants d'oiseaux, de brises tièdes et de beaux horizons !

Et cependant les deux îles principales de cet archipel, sans parler de Cabrera, de douloureuse mémoire, diffèrent assez sensiblement l'une de l'autre par la température.

Quand Majorque est abritée des grands vents du large par ses montagnes et les côtes de l'Espagne, Minorque en est la proie. Aucun abri ne la protège des vents impétueux du golfe du Lion et des flots irrités qu'ils soulèvent.

Leur extrême violence se remarque par l'aspect des arbres de Minorque. Sur certains points exposés plus cruellement aux furies de l'air, ils se tordent et inclinent vers le sol leurs branches échevelées, aux feuilles roussies. Les racines sortent presque de terre : elles ont l'aspect de bêtes monstrueuses, en des poses farouches ou implorantes. Et les sifflements du vent ajoutent encore au tragique de ces attitudes. Ces arbres semblent souffrir et se plaindre de cette aridité du sol et de cette inclémence du ciel qui ne leur permettent pas d'étendre de puissants rameaux.

Il est certainement des vallées abritées où les beaux arbres croissent, libres de toute contrainte, où les fleurs peuvent élever vers l'azur leurs grâces parfumées, par exemple au *barranco* d'Algendar, où se trouvent de véritables et nombreuses beautés naturelles ; mais les côtes se ressentent toujours des folles brises du large.

Majorque jouit, au contraire, d'un climat tiède et bienfaisant. Elle s'étale sous le soleil, souriante et ravie, et la brise légère, qui, par instant, passe sur elle, est tout embaumée des senteurs des fleurs et rafraîchie par les flots qui, doucement enlacent l'île charmeuse d'une ceinture mouvante d'un bleu de rêve.

Le voyageur que la fortune amie dirige vers ces îles peut les parcourir de nuit et de jour sans redouter de fâcheuses rencontres. Pas un malfaiteur ne l'attaquera sur sa route, dans les lieux les plus écartés ; pas un animal dangereux ne s'élancera d'un buisson pour lui porter une mortelle blessure.

Non seulement l'accueil le plus cordial lui sera fait, mais il rencontrera sur différents points de Majorque des lieux de refuge, ou *hospederia*, et pendant trois jours il y trouvera un lit, une table où sont servies l'huile et les olives, et du feu pour faire cuire les aliments apportés.

Majorque réunit tout ce qui peut charmer l'esprit, les yeux, le cœur. Une nature admirable où les côtes splendides mènent aux montagnes grandioses, où les bois touffus ont pour contraste les plaines fleuries des plantes les plus odoriférantes, où les grottes merveilleuses et enchantées se succèdent pendant des lieues, de plus en plus belles et mystérieuses.

Qu'elle est riante, cette Palma, la capitale de l'île, avec ses maisons blanches comme de beaux marbres, se mirant dans l'onde bleue, ou s'élégeant parmi les luxuriantes verdures que trouent les flèches élancées de ses nombreuses églises !

Par des chemins charmants bordés de lavandes, de bruyères arborescentes, de myrtes, de romarins, on gagne le Terreno, ce faubourg de Palma, où s'élèvent les maisons de plaisance que les Majorquins riches habitent pendant l'été. Certaines se trouvent à une demi-heure de la ville, et toutes offrent un aspect hospitalier, avec les jardins fleuris et ombreux qui les entourent, la mer au chant berceur qui plisse non loin sa robe d'azur.

Une poétique habitation se montrait, plus gracieuse encore, à travers les orangers de son jardin. Un peu à l'écart des autres, elle se détachait, toute blanche, dans des enlacements de fleurs, sur la verdure sombre des beaux arbres qui formaient son petit parc. On la nommait le *castillo des Roses*, et ce nom lui convenait bien. De splendides arbustes étoilés de roses de toutes teintes enguirlandaient les larges balcons qui se continuaient tout autour de l'édifice.

Le petit château n'avait qu'un étage au-dessus de son rez-de-chaussée ; les hautes fenêtres en ogives étaient séparées par un pilier de marbre blanc du plus bel effet. Le toit avait un auvent sculpté qui protégeait les balcons ; ils formaient ainsi une longue galerie ou salon extérieur que des nattes, des sièges de toutes formes, de petites tables garnissaient, d'une façon confortable et originale.

Sur une chaise longue, adossée à un grand rosier du balcon, une jeune femme était à demi étendue. Dans sa simple robe blanche, avec ses grands yeux bleus, sa chevelure d'un blond doré et soyeux, son teint pâle où ses lèvres se détachaient aussi rouges que les fleurs des grenadiers de la terrasse, il émanait d'elle un charme pénétrant, en ce décor bien digne d'encadrer sa beauté.

Mais une immense tristesse se lisait dans ses claires prunelles, quand elle en soulevait languissamment les paupières, et bien souvent des larmes glissaient sur ses joues amaigries, surtout quand elle se trouvait seule, comme à cette heure, et qu'un air mélancolique venait surexciter encore sa sensibilité maladive.

Les sons d'un piano se faisaient entendre, en effet, dans une des pièces du rez-de-chaussée, et une mélodie berceuse, jouée par un maître en cet art, parvenait jusqu'à la jeune femme qui penchait encore plus sa tête lourde de pensers amers.

— Mon Dieu ! Mon Dieu !... s'écria-t-elle soudain, en joignant ses doigts frêles dans un geste désespéré. Ne pourrai-je donc jamais oublier ? Mon cœur qui bat, affolé, dans ma poitrine, ne se calmera-t-il jamais ?... Oh ! je le voudrais tant pour lui ! Il serait si seul, si malheureux, si je disparaissais de sa vie !... Mon Dieu ! pitié ! Rendez-moi la santé ; accordez-moi la grâce de ne plus me souvenir !...

Et des larmes brûlantes sillonnèrent le visage sans couleur et sans joie, pendant que les mains de la malade se crispaient sur ce cœur, dont les palpitations redoublaient au lieu de s'apaiser.

La jeune femme prit un petit flacon de cristal enrichi d'or, et respira longuement les sels réparateurs qu'il contenait. A ce moment le piano ne résonna plus. Avec une hâte fébrile, elle essuya les pleurs qui embrumaient encore ses grands yeux et s'apprêta comme pour recevoir un visiteur.

La porte-fenêtre du balcon s'ouvrit ; un homme grand, brun, d'une distinction extrême, portant environ une trentaine d'années, s'approcha, souriant, de la jeune malade.

— Comment trouves-tu cette sérénade d'un compositeur majorquin, chère ? lui demanda-t-il avec une infinie douceur dans la voix.

— Charmante, Roger ! Je te remercie de me l'avoir fait entendre.

— Non, tu n'as pas à m'en remercier ! reprit-il avec tristesse, après avoir déposé sur le front soucieux qui se levait vers lui un baiser, où il y avait autant de paternelle bonté que de tendresse amoureuse. Je vois encore des traces de larmes sur ton visage. Je ne voulais que te faire plaisir, et j'augmente encore ta peine ! Marie, Marie, ne pourras-tu donc jamais oublier ? Ne voudras-tu pas vivre pour celui qui t'aime, pour ton mari qui n'a plus d'autres joies que les tiennes ?

La jeune femme prit la main de Roger entre les siennes, et le regardant avec des yeux où brillait un ardent désir de lui plaire :

— Tu sais bien que chaque jour je ne demande pas d'autre grâce à Dieu ! Tu es aussi tout pour moi, et quand j'ai voulu m'arrêter dans cette île, il y a quelques mois, c'est que, si je dois trouver l'oubli et revenir à la santé complète, c'est bien ici, devant ce splendide horizon, dans cet air pur et parfumé.

— Oh ! oui, aie confiance, Marie ! Tu guériras dans cette île enchanteresse. Nous serons encore heureux comme autrefois, l'un par l'autre, l'un pour l'autre.

La malade secoua sa tête blonde.

— Il ne faut plus songer au complet bonheur, ami, il n'existe pas sur cette terre d'exil ; que Dieu nous y accorde encore quelques années de paix, et je le bénirai.

Un silence s'établit entre ces deux êtres qui paraissaient avoir tant d'affection et de bonne entente entre leurs cœurs. Les doigts unis, ils regardaient la nature merveilleuse qui les entourait s'endormir lentement dans le calme du soir.

Septembre touchait à sa fin, mais, dans cette île privilégiée, ce mois où l'automne commence avait encore la splendeur d'un rayonnant été. Les parfums des fleurs montaient, très doux, vers eux ; la mer, sillonnée par les légères balancelles, se moirait sous les feux du soleil couchant.

La barcarolle d'un pâtre ramenant son troupeau de chèvres, aux clochettes tintantes, leur parvint sur les ailes d'une brise tiède et embaumée. Soudain l'*Angelus* y mêla ses sons pieux, et un même mouvement fit se courber les fronts de Marie et de Roger, qui unirent encore leurs âmes dans une même prière.

Quand ils les relevèrent, les yeux de la jeune femme étaient encore humides. Alors, d'un accent où vibrait l'angoisse la plus intense, Roger, se penchant vers elle, lui murmura les vers exquis que le poète adresse à la *Désolée* :

Dire que je suis là, mon ange, et que tu pleures,
Mourante comme un lys qui cherche le soleil ;
Dire que ton chagrin veille et compte les heures
De tes longues nuits sans sommeil !

Marie eut un regard qui implorait.

— Donne-moi mon rosaire, mon Roger, dit-elle, et aie confiance. Si Dieu le veut, je te serai rendue.

Il prit dans une coupe le chapelet béni, en perles précieuses, qu'une grande croix d'or terminait, et le lui tendit.

— Prie, Marie, et puise la résignation dans la prière.

Et sentant aussi les pleurs le gagner, il sortit.

Quelques instants plus tard, Roger se promenait, d'un pas saccadé, sous les orangers du jardin, à travers les branches fleuries desquels apparaissaient déjà les premières étoiles.

Le charme de cette splendide soirée n'influait pas sur lui ; sa belle tête brune, aux grands yeux noirs striés d'or, se penchait vers sa poitrine. Il ne pensait qu'à la bien-aimée qu'il avait laissée, triste et lassée, sur la terrasse, son rosaire entre les doigts, cherchant dans la prière un apaisement à son mal physique et moral. Et, d'une voix où passaient des larmes, il se murmurait la dernière strophe de la poésie si bien appropriée à leur situation :

Et je m'en vais sous l'œil des étoiles moroses,
Portant la double croix de son mal et du mien,
Criant au ciel, criant à la pitié des choses :
Elle pleure, et je ne peux rien !...

CHAPITRE II

UN RETOUR VERS LE PASSÉ

Avant de venir chercher un refuge pour une immense souffrance et un chagrin sans repos dans cette île bénie de Majorque, le comte Roger de Peilrac habitait les environs de Bayonne. Il résidait dans la vieille demeure familiale aux tours gothiques, où il avait grandi entre ses parents, dont il était l'unique enfant.

Leur fortune lui permettant de vivre selon ses goûts, il les quittait souvent pour entreprendre de longs voyages. Il en revenait enthousiasmé ; sa nature poétique lui faisait apprécier mieux qu'un autre les beautés naturelles, les merveilles des pays et des villes qu'il traversait.

A l'aide des notes et des dessins pris pendant ces excursions, il rédigeait des relations charmantes que toutes les revues, appréciant ce genre littéraire, auraient été heureuses de publier. Le charme du style, la fidélité des descriptions, l'art des dessins donnaient à ce travail une réelle valeur.

Quel charme, après ces excursions lointaines, de s'asseoir au foyer, où l'avaient attendu, patient, le comte de Peilrac, esprit profond, au caractère loyal, et sa femme, la douce comtesse Mathilde, dont la distinction et la bonté étaient sans égales. Dans le grand salon, qu'une longue suite d'ancêtres aux goûts artistiques avaient orné de meubles rares, d'objets d'art, de splendides peintures, ils passaient de bonnes soirées, où la causerie alternait avec la musique, pendant que la bise sifflait dans les grands arbres dépouillés.

Un feu pétillait dans l'âtre immense, dans lequel on plaçait facilement une grosse souche moussue. La comtesse travaillait sous la lampe, dont le large abat-jour soyeux tamisait la trop vive lumière, tout en écoutant le comte et Roger parler de ces contrées si belles qu'ils connaissaient tous deux.

— Je voyage par la pensée tant vos descriptions sont colorées, mes biens chers, disait-elle en leur souriant.

Parfois de vieux amis des environs qui, comme les châtelains de Peilrac, ne quittaient pas leurs domaines malgré l'hiver, venaient augmenter le cercle intelligent et aimable autour de la vaste cheminée, aux montants admirablement sculptés. Un thé exquis était servi par la maîtresse du logis dans cette tiède atmosphère, où les plantes de la serre jetaient une note gaie et des parfums pénétrants.

Et l'hiver passait, rapide, au milieu de ces plaisirs de l'esprit et du cœur. Car les pauvres n'étaient pas oubliés par ces âmes nobles, qui auraient craint de jouir des biens que leur donnait la richesse s'ils n'en avaient porté une large part aux malheureux.

Roger employait les heures de la journée à des travaux littéraires. Il collaborait à plusieurs journaux où ses relations de voyage, ses articles scientifiques et sociaux étaient toujours les bien accueillis. Mais malgré cet emploi sagement équilibré du temps, la venue du printemps le trouvait inquiet ; il aspirait à d'autres horizons. Sachant combien sa présence était douce au cœur de ses parents, il ne pouvait se décider à parler de départ, malgré son extrême désir de recommencer ses courses à travers le monde.

Sa mère, sans cesse occupée de ce fils unique et bien-aimé, en faisait la remarque au comte.

— Notre Roger est un peu las de cette vie, trop cloîtrée pour ses vingt-cinq ans; je crois qu'il désire encore s'en aller sous d'autres cieux.

Et comme le comte passait sa longue main sur son front à peine ridé, d'un air soucieux :

— Il nous reviendra à la fuite des hirondelles, faisait-elle en riant ; et notre hiver se passera encore bien joyeusement près de lui.

— Vous êtes la meilleure des mères, Mathilde, vous placez la joie de votre enfant avant la vôtre, car, avouez-le, cette absence vous laisse aussi bien attristée ?

— Je ne saurais le nier : comment ne pas regretter un fils comme Roger !

Et dans les yeux de Mme de Peilrac brillait une fierté sans bornes.

— Mais il est si jeune encore, reprenait-elle, que je comprends très facilement ce goût des voyages qui le domine. Il le tient de vous, mon cher ami, puisque le mariage a seul pu vous retenir au logis.

— Oui, vous avez raison, comme toujours, Mathilde. Lorsque Roger aura enfin rencontré la femme rêvée, il demeurera comme moi dans le vieux château ancestral. Qu'il la trouve donc bientôt, cette compagne ; et je ne forme qu'un souhait, c'est qu'elle soit, comme vous, l'ange du foyer.

M. de Peilrac avait baisé avec émotion la main fine et blanche que sa femme lui tendait, les yeux un peu humides.

Et le soir, d'une voix qu'il s'efforçait de rendre joyeuse, il disait à son fils :

— Les hirondelles sont de retour, Roger : à quand ton départ ?

— J'y pense ! répondit franchement le jeune homme. Ce qui m'arrête, c'est qu'il faut encore me séparer de vous. Ah ! si vous vouliez m'accompagner !

Un éclat de rire, un peu contraint il est vrai, accueillit cette exclamation.

— Y songes-tu, enfant ? Quitter, à nos âges, notre demeure et nos habitudes ! s'écriait la comtesse. Non, non, pars, profite des beaux jours revenus; nous aurons toute la mauvaise saison pour nous rassasier de toi.

Et Roger partit, après avoir embrassé les chers vieux qui ne voyaient qu'une chose : son complet bonheur.

Une terrifiante nouvelle vint l'affoler en Grèce, lorsqu'il se préparait à étudier ces monuments d'un grandiose passé. Un télégramme, effrayant dans son laconisme, lui fut remis à Athènes. Il disait :

Père mourant, retour immédiat.

Roger pâlit, comme si la funèbre visiteuse l'eût aussi touché de sa froide main, et il s'écria d'un accent désespéré :

— Mon père est mort !... Je ne le verrai plus ; Malheureux que je suis de l'avoir quitté encore !...

Et une crise de larmes et de sanglots l'avait jeté terrassé sur un siège. Ces pleurs le sauvèrent de ce transport terrible qui menaçait son pauvre cerveau en feu. Il put faire ses préparatifs de départ, et il arriva à Peilrac assez à temps pour embrasser encore une fois ce père qu'il trouva couché dans son cercueil.

Une congestion cérébrale, occasionnée par un grand froid contracté à la chasse, avait emporté le comte en quelques heures. Il avait été rapporté au château sans connaissance, et ne l'avait recouvrée que quelques instants avant l'heure suprême, en pressant les mains de sa femme et de l'abbé Coural, un ami de toujours, qui était venu l'administrer. Mais pas une parole n'était sortie de ses lèvres convulsées.

Le désespoir du jeune comte fut immense, comme avait été sa tendresse. Il se reprochait amèrement d'avoir abandonné ses parents pour ces courses sans trêve, et cela en des termes tels, que sa mère craignit pour sa raison. Il fallut toute sa douceur, toute son affection pour ramener ce pauvre esprit égaré par l'excès même de sa douleur. Elle oublia son propre chagrin, pourtant bien profond, pour ne songer qu'à consoler, à faire rentrer l'espérance dans cette âme affolée.

— Ton père m'a serré les doigts deux fois, mon cher aimé, disait-elle tendrement à Roger, assis, les yeux hagards, dans la chambre du cher disparu. C'est que tu étais présent à sa pensée ; c'était pour me dire de te donner son dernier adieu.

— Oh ! je ne me pardonnerai jamais, jamais de l'avoir laissé, quand il avait si peu de jours à vivre !

— Pouvais-tu le prévoir ? Aurais-tu pu retarder le moment inévitable ? Non, n'est-ce pas ? Alors, résigne-toi à la volonté de Dieu, mon pauvre ami, et ne me rends pas encore plus malheureuse par ce désespoir qui me navre.

— Vous pouvez me prêcher la résignation, vous, mère ; vous avez toujours vécu à ses côtés comme une femme aimante et fidèle ; mais moi, son seul fils, moi qui l'ai abandonné !...

Et une violente crise nerveuse venait le terrasser.

Le médecin de la famille prescrivit un changement de lieux pour calmer ce malheureux esprit.

— Il n'y consentira jamais, docteur ! affirma la comtesse.

— Je le crois, Madame, aussi c'est vous que je vais envoyer à Nice pour y passer la fin de l'hiver, sous prétexte que vous avez besoin d'un air plus doux et plus ensoleillé.

Et pour sauver sa mère d'une mort imminente si on la laissait à Peilrac par ce froid hiver, Roger voulut bien partir. Lorsque le printemps les ramena au château, le temps avait fait son œuvre. Si les regrets étaient toujours amers, le désespoir ne hantait plus le jeune comte, et tout danger pour sa santé avait disparu.

Mais il s'était juré de ne plus quitter sa mère, et il tint parole. Malgré toutes ses instances, il ne consentit jamais à la laisser seule ; toutes les saisons les trouvaient ensemble dans le splendide domaine où tout leur rappelait le cher mort. Ils pouvaient y parler de lui à toute heure, devant les objets familiers qui lui avaient appartenu, et qu'ils considéraient comme de véritables reliques.

Mme de Peilrac n'avait qu'un désir : marier son fils, afin de ne pas le laisser seul lorsque la mort l'atteindrait à son tour. Mais toutes ses prières étaient vaines.

— Je ne connais pas de jeune femme réalisant mon idéal, mère, et je ne veux pas me marier sans aimer profondément celle que je vous donnerai pour fille. Puis, à quoi bon placer un tiers entre nous ? Ne sommes-nous pas bien ainsi avec nos souvenirs ?

— Mais si je disparaissais, Roger !...

Il ne la laissait pas achever.

— Si cela arrivait, mère aimée, Dieu, dans sa bonté, ne me laisserait pas vous survivre ; nous partirions ensemble rejoindre tous les nôtres.

Le temps, encore une fois, eut raison des regrets stériles. Le jeune comte reprit sa plume ; il écrivit encore, et lorsque Mme de Peilrac lui parlait parfois de mariage, il ne se refusait plus à envisager cette hypothèse.

— Dès que je rencontrerai la jeune fille rêvée, mère, je vous la présenterai, triomphant.

— Presse-toi, mon Roger, tu auras bientôt vingt-huit ans, et j'ai le plus vif désir de voir ce château s'égayer aux rires de blonds enfants qui seront les tiens.

Et le jeune homme souriait, en disant encore :

— Espérez !

CHAPITRE III

PENDANT L'ORAGE

Pour donner un aliment de plus à son activité, Roger s'était imaginé de se composer un herbier de toutes les fleurs charmantes des plaines et des Pyrénées.

Cet herbier, fait avec goût et savoir, était déjà très fourni de plantes rares et originales. Il se proposait de les classer ensuite en relatant les lieux où elles croissent, et les saisons de leur apparition sur tel ou tel point, dans une sorte de géographie botanique de la contrée qu'il habitait.

Mme de Peilrac avait été enchantée de cette distraction utile et agréable à la fois : elle permettait à son fils de faire ces longues promenades qui lui redonnaient force et courage. Elle l'y excitait en lui demandant de lui rapporter ces simples, avec lesquels elle préparait différents remèdes, très propres à adoucir les petits malaises de ses gens et des malheureux qu'elle visitait.

— J'ai besoin de sauge pour mes infusions, Roger, et de romarin qui, macéré dans du vin, me donnera un baume aromatique si précieux pour guérir les blessures et les contusions ; j'espère que tu m'en rapporteras.

— Vous pouvez y compter, mère !

Et le jeune homme partait dès l'aube, alors que la campagne est si belle à contempler avec ses fleurs constellées des perles de la nuit, que le soleil n'a pas encore fait dissoudre.

Vêtu selon les saisons d'un costume de toile ou de velours, de longues guêtres emprisonnant ses jambes nerveuses, un béret basque posé sur ses cheveux noirs qu'il portait assez longs, une gaieté en ses yeux et sur sa bouche à la fine moustache, le jeune comte avait fort grand air, quand, la boîte du botaniste au dos, son alpenstock à la main, il partait pour la cueillette, suivi de Topaze, sa belle chienne à la tête vraiment intelligente, dont la robe blanche était semée de taches feu.

Et pendant des heures qui lui semblaient bien courtes, il herborisait avec une patience infatigable, éprouvant une joie sans égale lorsqu'elle était récompensée par la découverte d'une plante rare. Le soir, au retour, il se hâtait de gagner la tour où il pressait ses chères plantes, après les avoir montrées à sa mère qui se réjouissait de le voir joyeux.

Un jour de mai qu'il se trouvait assez loin du domaine, dans une plaine non encore visitée, il fut surpris par un orage d'une violence extrême, comme il en éclate subitement dans ces contrées montagneuses. Les roulements du tonnerre se succédaient sans interruption, et la foudre était tombée plusieurs fois non loin de lui, abattant de beaux arbres qui élevaient leurs puissants rameaux, où s'arrêtaient la brise et les oiseaux, il y avait quelques minutes à peine.

La chienne, affolée, marchait près de son maître, la tête basse, la queue entre les pattes, et c'est en vain que Roger voulait la rassurer ; elle tremblait affreusement à chaque détonation.

Soudain la pluie tomba en larges gouttes, très espacées tout d'abord, mais qui, d'après la grosseur et la noirceur de la nuée, menaçait de continuer, serrée et persistante.

— Il nous faut chercher un abri, ma Topaze, s'écria le comte ; il ne serait pas agréable d'être trempé à fond.

Et, accélérant encore son pas, il gagna une avenue de trembles menant à un joli castel qui s'ombrageait sous de beaux marronniers. Il passa la grille hospitalièrement ouverte, traversa la pelouse étoilée de corbeilles fleuries, et atteignit le perron de l'édifice, quand, le nuage crevant enfin, la pluie tomba avec une intensité extrême. Aussi le coup de marteau que Roger appliqua sur la porte d'entrée s'en ressentit-il et fut un coup de maître.

Une petite servante, d'une quinzaine d'années, les yeux agrandis par la terreur, sous son mouchoir rouge noué pittoresquement autour de ses cheveux noirs, lui ouvrit d'une main tremblante.

— Je voudrais parler au maître de cette demeure, dit le comte.

— Il n'est pas là, Monsieur, balbutia la fillette.

Un terrible coup de tonnerre la fit se reculer en poussant un cri de frayeur, et le jeune homme en profita pour entrer avec Topaze dans le vestibule, et refermer la porte.

— Ne vous effrayez pas ainsi, mon enfant, vous n'êtes pas en danger ! Vous vous trouvez seule au château ?

— Non, Mademoiselle est au salon ; mais elle a bien peur aussi.

Et la petite bonne se bouchait les oreilles en se dissimulant derrière un immense palmier.

Une jeune fille pâle et blonde, dont la robe rose aux vaporeuses dentelles rehaussait encore la grâce, souleva la portière du hall. Dans ses grands yeux bleus se lisait une terreur aussi profonde que celle qui affolait sa compagne.

Roger courba sa haute taille très respectueusement devant elle, en s'excusant de s'être introduit avec ce sans-gêne.

— Cet orage en est la cause, Mademoiselle.

— Vous êtes le bienvenu *aux Trembles*, Monsieur, lui répondit-elle d'une voix harmonieuse, et d'autant plus que nous y sommes toutes seules, Etiennette et moi. Et ce tonnerre nous terrifie !

Un fracas épouvantable jeta les jeunes filles sur un canapé, les traits bouleversés, avec cette exclamation :

— Mon Dieu ! ayez pitié de nous !...

La foudre venait encore de zébrer le ciel.

— C'est le coup final, Mademoiselle, fit le comte, l'orage va s'éloigner ; la pluie a dégagé l'air de cette électricité qui vous effraye.

— Ah ! puissiez-vous dire vrai !

En effet, après quelques roulements sourds, tout bruit alarmant cessa ! Seul, celui de l'eau cinglant le toit et les vitres continuait de se faire entendre.

— Entrez au salon, Monsieur, dit la jeune fille.

Elle avait repris toute son assurance, mais sa pâleur décelait encore un certain trouble.

— Je suis très bien dans cette pièce, Mademoiselle, ma toilette n'est vraiment pas présentable !...

Et il jetait un regard embarrassé sur ses vêtements mouillés.

— Vous me voyez bien confus d'avoir été forcé de me présenter ainsi devant vous.

Puis il s'inclina et ajouta :

— Je suis le comte Roger de Peilrac, j'habite avec ma mère le château de ce nom, et je m'en suis éloigné ce matin pour herboriser dans ces parages.

— Je me nomme Marie Horman, répondit-elle avec un sourire ; je réside aux Trembles, près de mon tuteur, M. Kalmas.

La présentation étant faite, les jeunes gens prirent des sièges et causèrent gaiement, l'orage ne surexcitant plus les nerfs de Mlle Horman.

Roger montra les plantes destinées à l'herbier, les nommant à Marie, qui paraissait charmée d'en reconnaître quelques-unes.

Sur un mot dit tout bas par sa maîtresse, la petite femme de chambre était sortie. Elle revint bientôt portant un plateau sur lequel se trouvaient un flacon de vin de Moscatel, deux verres et une coupe de gâteaux.

Et les jeunes gens, avec cet appétit de la vingtième année, firent un goûter délicieux, agrémenté de gais propos et d'éclats de rire.

Roger n'avait pas été aussi heureux depuis que la tristesse avait envahi sa demeure. Il regardait Marie, et sentait tout son cœur se prendre à sa douce beauté, à sa grâce charmeuse, son cœur qui n'avait jamais aimé et qui rencontrait enfin cet idéal qu'il désespérait presque de découvrir.

La pluie avait cessé depuis une demi-heure, qu'il était toujours là, dans cette salle hospitalière, aux meubles simples mais charmants, où s'épanouissaient des fleurs, près de cette jeune fille aimable et sans prétention. Elle lui laissait deviner une âme sœur de la sienne dans cette conversation sur la nature amie, qu'elle admirait comme lui. Aussi éprouva-t-il une grande joie quand elle lui dit en entendant un bruit de voiture :

— Voici mon tuteur, je vais pouvoir vous présenter l'un à l'autre.

Il pourrait ainsi la revoir un jour.

M. Kalmas était un beau vieillard aux yeux

pleins de bonté, à l'épaisse chevelure aussi blanche que la neige. Il remercia Roger d'avoir rassuré sa pupille.

— Marie est si nerveuse, dit-il, qu'elle aurait pu en être malade.

— Mettez-vous à ma place, bon ami ! fit la jeune fille, avec une petite moue. Vous aviez quitté le logis en compagnie de Vincent ; la cuisinière était allée au village, et nous y restions seules. Et cela n'était pas très rassurant d'entendre ces roulements effrayants du tonnerre, de voir ces éclairs sillonner les nues. La foudre a dû éclater plusieurs fois.

— Je l'ai vue tomber trois fois avant mon arrivée aux Trembles, Mademoiselle, dit le jeune homme.

— Et moi autant du château de mon ami où la pluie me retenait, ajouta M. Kalmas, et bien malgré moi, je vous assure. Je pensais à ton isolement, mon enfant, et je craignais tout de votre affolement, car Etiennette est aussi brave que toi.

Il rit bruyamment, et les jeunes gens l'imitèrent.

— Et je te retrouve, devisant gaiement, en mangeant des petits gâteaux !

— Il fallait bien nous réconforter après notre inquiétude, fit-elle rieuse. Nous allons boire maintenant avec vous à la fuite de l'orage, si vous le voulez, bon ami !

Elle sonna, et la servante apporta un troisième verre. Marie en remplit deux, et versa quelques gouttes de la douce liqueur dans le sien.

Roger s'inclina, plein de courtoisie :

— A votre santé, Monsieur, à celle de Mademoiselle, à la joie de cette rencontre amenée par l'orage !

— A votre prompt retour parmi nous ! répondit M. Kalmas au toast aimable du jeune homme.

— J'espère que nous aurons aussi le plaisir de vous recevoir à Pellrac, Monsieur ?

— Certainement. J'irai présenter Marie à Madame votre mère, dont j'ai souvent entendu vanter l'inépuisable charité. J'ai lu certaines de vos œuvres littéraires, mon cher comte, et je suis heureux aujourd'hui de pouvoir vous serrer la main.

Ils échangèrent de cordiales salutations et se quittèrent avec la promesse de se revoir.

Roger reprit sa route, transporté de joie. En entrant dans le salon du château où sa mère l'attendait, inquiète, il l'embrassa follement, en lui criant d'une voix vibrante :

— J'ai trouvé la compagne rêvée, mère : réjouissez-vous !

CHAPITRE IV

LE BONHEUR RÊVÉ

Les relations amenées par le hasard se continuèrent, très amicales, entre les châtelains. Selon sa promesse, M. Kalmas était venu à Pellrac avec sa pupille. La comtesse avait fait fête à la jeune fille qui était bien aussi l'idéal de son âme pour ce fils tant aimé, et la mère de Roger sentait son cœur s'épanouir dans une douce joie.

— Si elle pouvait répondre à l'amour tendre et dévoué de Roger, se disait-elle, quelle tranquillité d'esprit pour moi qui le laisserais seul et désespéré si la mort arrivait inopinément. Un peu de bonheur luirait encore dans ce château, où me retiennent mes souvenirs ravis et poignants de jeune épouse, de mère et de veuve !...

Et c'est avec une tendresse de jour en jour plus grande qu'elle accueillait Marie, qui semblait aussi bien joyeuse de recevoir ces baisers de mère, dont elle avait été privée dès l'enfance.

Ses parents lui avaient été enlevés à quelques mois d'intervalle, la laissant seule au monde, puisque les rares cousins qu'elle possédait encore ne se soucièrent nullement de protéger ses jeunes ans.

Mais Dieu veillait sur l'orpheline. M. Kalmas, l'intime ami du grand-père de Marie, son frère d'armes, puisqu'ils avaient été officiers dans le même régiment, s'offrit spontanément pour remplacer les parents disparus.

Possesseur d'une certaine fortune, libre de son temps, l'heure de la retraite ayant sonné pour lui, le commandant Kalmas vint habiter les Trembles avec sa pupille. Dix ans s'écoulèrent dans une douce quiétude pour la petite fille et le vieillard. Il avait promis de ne pas s'en séparer ; il s'occupa à la fois de son instruction et de son éducation, ne voulant pas admettre un tiers entre eux. Ne s'étant pas marié, il se serait trouvé bien seul, sans cette affection qui le rattachait à l'existence, et dont il voulait jouir en avare : il avait si peu de temps à en profiter !

D'une nature d'artiste, ayant eu une instruction supérieure, le vieil officier sut mener son œuvre à bien, l'intelligence de l'enfant s'y prêtant, et à vingt ans Marie était une ravissante jeune fille, accomplie en tous points. Pourvue d'une belle fortune, elle avait été très recherchée déjà, mais M. Kalmas n'avait pas formé un petit chef-d'œuvre pour le confier au premier venu. Il voulait, avant de disparaître, remettre son plus cher trésor entre des mains dignes de le posséder, et il attendait, confiant. Il n'eut pas tort d'espérer, puisque la Providence lui adressa, un jour d'orage, le comte de Pellrac, bien digne d'aimer et d'être aimé.

. . . .

Les douces fêtes des fiançailles furent bientôt joyeusement célébrées, et le soir de l'heureuse journée, lorsque le jeune comte quitta sa belle promise, il lui dit avec toute son âme :

— A toujours !...

— A toujours, répéta-t-elle comme un doux écho.

Ils se marièrent dans la petite église du village, par un beau jour de septembre, au ciel constellé de nuées aussi blanches, aussi diaphanes que la toilette de l'épousée.

Tout était fleurs, parfums, lumières, amitiés joyeuses autour des jeunes gens qu'une même joie, une même piété agenouillaient à l'autel, où ils se promettaient un amour indissoluble.

La bénédiction nuptiale leur fut donnée par

le vénérable prêtre qui avait béni le dernier sommeil des parents de la jeune femme et du père de Roger. Dans une allocution touchante, il leur enjoignit de suivre cette même voie droite parcourue par les leurs, et souhaita de longues années à leur jeune bonheur.

Par un chemin jonché de fleurs, les voitures revinrent aux Trembles que Marie allait quitter pour le château de Peilrac. Elle aurait bien désiré y entraîner son tuteur, mais il prétexta sa santé, qui lui faisait préférer une vie solitaire, près de ses vieux serviteurs dévoués.

— La distance est si courte entre nos demeures ! disait-il. Et c'est chez toi que je résiderai encore, puisque les Trembles t'appartiennent, ajoutait-il d'un ton enjoué qui amenait un sourire sur le visage un peu attristé de Marie.

Les jeunes époux vivaient dans un véritable enchantement à Peilrac. Ils n'étaient pas partis pour le voyage de noce traditionnel. Roger ayant juré de ne pas quitter sa mère, n'avait pas voulu manquer à ce serment qu'il considérait comme sacré. Malgré toutes les instances de la comtesse douairière, il était demeuré au château.

Où auraient-ils trouvé un cadre plus propice à leur grand amour que ces campagnes connues, aimées ? Ils y avaient la complète solitude, ou la compagnie de leurs parents, dont les regards amis s'illuminaient de la douce lueur de leur bonheur, infini comme le ciel. Du reste, ni l'un ni l'autre n'aimaient le monde. Ils étaient trop épris de la nature toujours sublime pour désirer les plaisirs factices et troublants qu'il donne. Leurs relations avec les châtelains d'alentour, quelques excursions à Bayonne leur suffisaient pour le côté mondain.

D'une constitution délicate, le cœur faible et depuis longtemps atteint, la jeune femme voyait avec bonheur sa santé s'améliorer. Souvent elle partait pour de longues courses au bras de son mari, sans que ce cœur battît plus vite au retour. Ses joues, toujours si pâles, s'étaient rosées, et dans ses beaux yeux d'azur resplendissait toute la sérénité d'une aurore de mai.

Elle était si pleinement heureuse ! Jusqu'à l'heure fortunée où Roger entra aux Trembles, sa vie s'y était écoulée très douce, mais très uniforme, près de ce tuteur âgé qui avant tout aimait la paix autour de lui. Et voici maintenant que son cœur très tendre, par cette maladie même, héritage de famille, qui en précipitait les battements, avait rencontré le compagnon fidèle sur qui il est si bon de s'appuyer, et une mère idéalement affectueuse.

Quelle douce rêverie la retenait à côté de son mari sur le balcon fleuri des dernières roses, devant le jet d'eau qui lançait vers le ciel ses gerbes cristallines, ou près du Gave traversant le parc, calme parfois, tumultueux souvent, entre ses bords enguirlandés par les lierres et les menthes !

Lorsque juin constella les rosiers de roses éclatantes et parfumées, et les grands arbres de nids jaseurs, de petits vagissements d'enfant s'échappèrent de la chambre de Marie. Dans un élégant berceau armorié, qui avait reçu le comte actuel, une mignonne petite fille ouvrait ses grands yeux noirs pailletés d'or, les yeux de son père, qui, délirant de bonheur, se penchait sur le frêle petit être, osant à peine effleurer ses menottes roses des lèvres.

Et l'heureuse grand'mère, pleurant de douces larmes, allait du berceau au grand lit où reposait, toute rayonnante, la jeune mère, que cette joie immense avait aussi attendrie. Elle était là, un peu alanguie, mais le cœur battant d'une façon très normale.

La petite Mireille, cette douce reine d'élection, paya son don de joyeux avènement : tous les pauvres reçurent en son nom d'abondantes aumônes. Ne fallait-il pas que son entrée dans la vie fût marquée par de bonnes actions !

On semblait avoir fait un pacte avec le bonheur. Et la grand'mère se le répétait, quand elle voyait Marie se promener, sa fille entre les bras, parmi les grands lis dont elle avait la grâce et la fierté, à côté de Roger, qui ne savait laquelle admirer le plus, de la mère ou de l'enfant.

Le comte aimait maintenant doublement Marie, pour cette tendre affection de l'épouse et ce dévouement absolu de la mère.

Entre toutes ces tendresses dont elle était environnée, Mireille se développait comme une belle fleur. Chaque jour faisait apparaître en elle un charme de plus. Après son sourire qui éclaira tous les fronts, ce fut son enfantin balbutiement, puis ses premiers pas, sur le tapis du salon, où son père et sa mère s'étaient agenouillés pour mieux lui tendre les bras. Bientôt elle courut toute seule dans le jardin, en gazouillant ainsi qu'une hirondelle.

Elle avait une façon si exquise de dire : Maman ! que la jeune comtesse la saisissait alors dans ses bras et l'embrassait avec une exubérance folle, qui effrayait parfois l'enfant, en lui disant :

— O chérie ! Si jamais tu m'étais enlevée !...

Et un jour que son mari l'entendit :

— Que vas-tu penser là, Marie ?... lui dit-il avec reproche.

Elle eut ce cri involontaire qu'elle racheta ensuite par un regard de regret :

— Je mourrais de sa mort !

Il eut aussi un effroi dans les yeux en la considérant, et voulant tourner la chose en plaisanterie :

— Heureusement que la mignonne ne tient pas du tout à nous quitter, fit-il en les entraînant vers le jardin.

Mais son rire qu'il voulait rendre joyeux sonnait faux, et, pour la première fois depuis son mariage, il se sentit mordu au cœur par le plus douloureux des pressentiments.

Toute la soirée il s'en ressentit ; sa nuit surtout fut peuplée de cauchemars. Il rêva de précipices sans fond où disparaissaient sa fille d'abord, sa femme ensuite ; puis d'une vague immense qui les enlevait sous ses yeux, sans qu'il pût leur porter secours.

Il se réveilla le cœur endolori et les membres las. Il vit Marie paisiblement endormie sous le rayon matinal traversant l'étoile du volet ; il entendit le souffle régulier de Mireille dans la chambre voisine, et il se rit de ses vaines frayeurs. Il devait s'en souvenir plus tard.

CHAPITRE V

LES MALHEURS VOLENT PAR TROUPES

Le printemps était revenu et avec lui les joyeux papillons dont les ailes de pourpre et d'or rayonnaient dans l'azur infini du ciel !

Mireille allait avoir trois ans. C'était une adorable enfant avec ses yeux noirs et ses cheveux d'or bruni. Elle chantait et riait tout le jour, ainsi qu'un doux oiseau qui s'est enfin échappé du nid.

— Comme elle te ressemble, Roger ! s'écriait parfois Marie, lorsque le père venait vers elle, sa fille entre les bras.

— Elle a aussi quelque chose de toi, lui disait-il, ta bouche si fraîche et si rieuse.

— Peut-être. Mais comme la ressemblance existe surtout dans les yeux, c'est toi qu'elle rappelle ; n'est-ce pas, maman ?

— Oui, répondait l'aïeule en contemplant l'enfant devenue son petit bonheur, je crois revoir Roger à trois ans, quand son père fit faire sa miniature par un artiste d'un grand talent. Je me souviendrai toujours de ma joie en trouvant ce petit chef-d'œuvre sous ma serviette, le soir de ma fête. Et lorsque Mireille a cette robe blanche brodée qui lui découvre le cou et les bras, elle me donne la complète illusion de ce temps lointain.

Et la miniature était comparée à la petite fille, et chacun s'extasiait sur la parfaite ressemblance.

— Nous ferons poser Mireille, si vous le voulez, mère ? et nous aurons ainsi son portrait.

Et c'étaient de beaux projets sur l'enfant bien-aimée que l'on voyait déjà fillette, puis jeune fille.

— Oh ! ne me l'enlevez pas encore ! faisait la vieille dame tout attristée. Qu'elle reste longtemps, bien longtemps petite, elle est plus à moi ainsi.

Comme si elle eût compris la tendresse infinie de sa grand'mère, Mireille venait se blottir entre ses bras, écoutant, très intéressée, les histoires d'oiseaux et de fleurs qu'elle savait si bien lui raconter.

❦

La petite fille jouait dans la charmille par un beau soleil de mai, sous les regards bienveillants et attentifs de la comtesse Mathilde. Roger et sa femme étaient allés à Bayonne, afin d'assister au départ d'amis qui s'embarquaient pour le Brésil.

Le temps était splendide ; une légère brise apportait sous l'ombrage les parfums des fleurs dont ce mois était le triomphe ; de vifs rayons d'or traversaient le léger feuillage, faisant régner sous le berceau la chaleur et la gaîté. Rien ne pouvait faire présager le terrible drame qui allait se jouer au bord de ce Gave roulant avec fracas sur les cailloux de son lit ses flots gonflés par des pluies d'orage.

La bonne de Mireille vint soudain avertir la vieille dame qu'une visiteuse l'attendait au salon.

— C'est pour une bonne œuvre, Madame la comtesse.

— Veillez sur l'enfant, Suzanne, je vais recevoir cette personne.

Mais à peine sa maîtresse fut-elle disparue, que cette fille, voyant Mireille très occupée à bercer sa poupée, courut au potager où travaillait Bernard, son fiancé. Lorsqu'elle revint, la petite fille n'était plus sous la charmille.

Suzanne ne s'en inquiéta pas tout d'abord, elle sortit dans le jardin et l'appela ; mais rien ne répondit à sa voix. Alors la frayeur la fit instinctivement se diriger vers le parc, où coulait le Gave, dont les eaux jaunâtres atteignaient presque les rives constellées de fleurs.

Les premiers objets qu'elle distingua près de la rivière lui firent pousser un cri d'horreur.

— Mon Dieu ! pitié !... s'écria-t-elle en élevant ses mains suppliantes vers le ciel.

Le petit panier de l'enfant se voyait dans l'herbe à demi plein de fleurs, et son grand chapeau était accroché à un saule se penchant sur les flots.

Ce fut à ce moment qu'arriva l'aïeule.

— Pourquoi avez-vous quitté la charmille sous cette chaleur ? fit-elle un peu sèchement.

Puis, remarquant l'air égaré de Suzanne :

— Qu'avez-vous ? balbutia-t-elle. Où est Mireille ?

Alors elle vit aussi la petite corbeille et le chapeau.

— Ah ! malheureuse !... Vous l'avez laissée jouer sur le bord de la rivière et elle s'est...

Elle n'osa prononcer le mot effrayant.

— Non, non, Madame, cela n'est pas ! Mireille a dû se cacher comme elle le fait souvent.

— Cherchez-la donc ! dit la comtesse, un peu rassurée.

Elle-même s'unit aux recherches avec Bernard et des domestiques accourus à leurs cris. Mais ce fut en vain qu'ils parcoururent les jardins et le parc, ce fut en vain qu'ils l'appelèrent désespérément, l'écho seul répondit à leurs voix. Ils revinrent, affolés, au point de départ, où le grand chapeau s'agitant à la brise confirma leurs premiers doutes. L'enfant avait dû se pencher pour cueillir une fleur, et elle avait disparu dans l'eau tourbillonnante.

Et comme pour leur en donner une assurance plus grande encore, un bel iris à demi brisé pendait tristement sur la rive.

Sous la douleur immense qu'elle ressentit par cette mort affreuse de la bien-aimée, sous l'effrayante perspective du retour de ses enfants sans qu'elle pût jeter en leurs bras cette fille tant chérie et confiée à ses soins, Mme de Peilrac porta les mains à son cœur où tout le sang affluait, puis à sa tête où il bondissait ensuite en la rendant presque aveugle, et elle s'affaissa comme une masse à la place foulée pour la dernière fois par les petits pieds de Mireille.

Quand les domestiques la relevèrent, ils s'aperçurent avec terreur qu'elle avait cessé de vivre.

Ils se hâtèrent de la transporter au château, et, voulant douter encore, deux d'entre eux allèrent chercher le prêtre et le médecin. Lorsqu'ils arrivèrent, le second ne put que confirmer la mort, et le premier bénit d'une main tremblante celle qui, par sa vie toute de foi et de charité, pouvait se présenter sans crainte devant Dieu.

— La comtesse a encore communié ce matin, disait l'abbé Coural au Dr Queltin.

C'était la deuxième fois que le vieux prêtre venait donner la bénédiction suprême à des morts arrivées presque subitement, mais jamais comme en ce jour son bouleversement ne fut aussi grand. Cette chute foudroyante et mortelle, cette disparition de l'enfant dans l'eau muette, qui ne laisserait peut-être jamais dévoiler son secret, cette absence des parents, tout ajoutait à la désolation présente.

— Je vais attendre le retour de ces pauvres enfants, mon cher docteur, dit M. Coural.

— Je reste avec vous, Monsieur le Curé, ils n'auront pas trop de sympathies autour d'eux ; puis je crains tout pour la comtesse Marie.

— Non, non, Dieu aura pitié. Le malheur est bien assez immense !

— Cette maladie de cœur que je crois enrayée peut très bien se réveiller, répondit le médecin d'une voix inquiète. Il suffit du moindre choc, et celui-ci est si épouvantable !

Quand la voiture qui ramenait le jeune couple joyeux au château s'arrêta devant le perron, le pasteur s'y présenta les mains tendues.

— Quelle bonne surprise, Monsieur le Curé ! s'écria Roger.

Mais, devant son air grave, il tressaillit soudain.

— Ma mère ?... balbutia-t-il, en voyant le Dr Queltin venir aussi à lui dans le hall où ils s'étaient tous arrêtés.

— Du courage, mes pauvres amis ! dit le bon prêtre. Dieu vous soutiendra dans l'épreuve effrayante qui vous atteint !

— Ah ! elle est morte !...

Et, entourant sa femme de ses bras, le comte pleura à grands sanglots. Marie mêla ses larmes aux siennes, cherchant à le consoler.

Les deux hommes se regardèrent, épouvantés de l'aveu terrible qui restait encore à faire.

— Allons la voir ! dit soudain Roger.

Et, l'air égaré, il se dirigea vers la porte.

— Attendez encore un instant, dit M. Queltin.

La comtesse se leva aussi, et, regardant autour d'elle :

— Où donc est Mireille ? fit-elle. Comment n'est-elle pas déjà près de nous ?

M. Coural alla aux deux malheureux jeunes gens qui perdaient à la fois une mère et une fille, et réunissant leurs mains aux siennes :

— Du courage ! De la résignation !... dit-il.

— Ah ! c'est ma fille qui est morte !... s'écria Marie, les yeux agrandis par une douleur folle.

Et elle tomba lourdement sur le tapis.

Ils s'empressèrent autour d'elle ; le comte lui-même oublia tout pour ne songer qu'à cette femme bien aimée qui gisait comme morte sur le canapé où ils l'avaient étendue.

Alors, profitant de ce que le docteur prodiguait ses soins à la malade, l'abbé Coural, avec des ménagements infinis, apprit la vérité au pauvre père. Il s'effondra aussi sur un fauteuil, en faisant entendre des plaintes déchirantes. Mais à la vue de Marie, sortie enfin de sa syncope, il bondit de son siège, la prit dans ses bras en s'écriant avec désespoir :

— Marie ! Marie, nous restons seuls !...

Et ce fut lui qui eut le courage de lui faire la douloureuse confidence.

Comment ce cœur endolori n'éclata-t-il pas en ce moment terrible ? Le docteur, la main posée sur cette poitrine palpitante, attendait, anxieux. La jeune comtesse se dressa avec une telle force qu'elle faillit renverser M. Queltin. Puis, l'air tragique, les yeux sans larmes :

— Je veux ma fille ! Je la veux, morte ou vivante !

— Je te la rendrai, je te le jure !... s'écria le comte d'un accent navrant, en pressant ses mains glacées.

Elle le regarda, farouche, puis, avec un cri de biche blessée, elle tomba dans une nouvelle syncope qui l'enleva pour un instant aux souffrances atroces de l'heure présente.

Ses femmes l'emportèrent, pendant que le malheureux Roger allait pleurer au pied du lit de sa mère.

. . . .

Quelle nuit passa le comte entre sa mère morte et sa femme mourante ! Car le choc avait été trop violent et elle gisait sur sa couche, les yeux égarés, proférant des mots sans suite, une fièvre ardente lui donnant un délire effrayant.

Mme de Peilrac conservait dans la mort cet air affolé qu'elle avait à la dernière minute, lorsqu'elle regardait s'enfuir cette eau glauque qui emportait sans doute le corps de la tant aimée. Le calme n'était pas revenu sur ses traits convulsés, ils gardaient un masque tragique qu'on ne pouvait voir sans effroi.

Dès le petit matin, M. de Peilrac fit draguer toute la partie du Gave qui passait dans sa propriété; il voulait ravoir le corps de son enfant, il l'avait juré à sa femme, cela serait pour tous deux une triste consolation. Ils pourraient au moins fleurir le mausolée où reposerait leur chérie, ils viendraient lui dire de prier pour eux. Elle n'avait pas besoin de prières; elle était partie pour la patrie céleste avec ses ailes d'ange, c'était sur eux, si désespérés, qu'elle devait veiller maintenant. Mais, vers le soir, les hommes chargés de ce soin revinrent la tête basse : vaines avaient été leurs recherches.

Cette perspective de laisser le corps de sa Mireille à la merci des flots rendit plus grand encore le désespoir du père.

— Il faudra recommencer demain, dit-il, et aller jusqu'à la mer; nous ne reculerons que devant elle, c'est-à-dire devant l'impossible.

Comment le comte supporta-t-il cette seconde veillée funèbre ? Cela sembla miraculeux aux nombreux amis qui étaient venus se joindre à lui pour rendre ce dernier devoir à la comtesse Mathilde. En vain voulurent-ils le forcer à prendre un peu de repos, il résista à toutes les instances et ne quitta la chambre où sa mère dormait son dernier sommeil terrestre, au milieu des fleurs et des lumières, que pour celle où sa femme se tordait dans la douleur, avec des plaintes de petit enfant.

Le Dr Queltin s'était établi au château; il ne voulait pas abandonner sa malade une minute.

— Eh bien, docteur ?... interrogeait Roger, navrant à voir avec sa figure ravagée, ses yeux caves et rougis, sa parole brève.

— Je ne puis encore me prononcer catégoriquement, mon cher comte; mais le cas ne me semble pas désespéré, et je préfère cette fièvre qui enlève toutes pensées à la comtesse. Je redoute tant que le cœur ne s'attaque trop profondément ! De ce côté, du moins, je ne crains rien en ce moment.

Et le jeune homme le quitta, un peu plus rassuré, pour s'occuper de la triste cérémonie de la mise en bière.

— O mère ! s'écriait-il en embrassant le visage glacé qui allait disparaître sous le blanc linceul, ô mère ! tu vas la revoir, et nous, nous malheureux, nous ne la reverrons plus jamais, jamais !...

— En ce monde, mon fils, prononça l'abbé Coural d'une voix grave, mais vous la retrouverez un jour dans la patrie où il n'y aura plus ni pleurs ni chagrin. C'est pourquoi vous ne devez pas vous laisser aller au désespoir comme ceux qui n'ont pas d'espérance; l'aurore éternelle se lèvera aussi pour vous, et vous y rejoindrez tous ceux que vous avez aimés.

Ces paroles émues firent pleurer Roger. Et, plus résigné, il laissa s'achever le pénible travail.

Bientôt, à travers les chemins bordés de fleurs, le char dans lequel reposait celle que l'on nommait la bonne comtesse s'en allait jusqu'au petit cimetière, où, parmi les tertres verdoyants, s'élevait la chapelle qui renfermait tous les Peilrac. Le cortège était nombreux; il se composait des amis, des villageois et aussi des pauvres déshérités dont sa charité avait adouci le sort.

Après avoir récité les dernières prières d'une voix émue où passaient des pleurs, l'abbé Coural s'écria :

— Paix à cette âme, elle voit le Seigneur, car elle a passé en faisant le bien.

Le Dr Queltin put rassurer plus complètement le comte au retour du cimetière.

— Ma malade est plus calme, dit-il; le cœur bat toujours un peu irrégulièrement, mais, avec des ménagements, des soins extrêmes, nous pourrons conjurer le danger immédiat.

— Merci, docteur !...

Et la main de M. de Peilrac serrait à la briser celle du praticien.

Il avait bien besoin de ce réconfort, le père infortuné !

Les funèbres dragueurs étaient revenus à jamais déçus. La rivière avait été fouillée sans aucun résultat. Le corps léger de l'enfant avait dû être porté par le courant jusqu'à l'océan.

Marie recouvra la faculté de reconnaître ceux qui l'entouraient, mais ce retour à la vie lui permit de concevoir toute l'immensité de sa perte. Lorsque ses yeux eurent une lueur d'intelligence, elle les fixa, pleins de prières, sur ceux de son mari. A cette muette interrogation, Roger ne put que s'agenouiller au chevet de ce lit, où sa bien-aimée allait encore souffrir. Il prit la main fine qui pendait, lassée, sur les couvertures, la baisa, puis la plaça ensuite sur ses yeux humides.

— Alors tu ne l'as pas retrouvée ? murmura-t-elle. Jamais, jamais, je ne reverrai ma Mireille ?...

— Pardon, pardon, Marie ! balbutia-t-il. J'ai fait l'impossible, crois-le !...

— Pauvre ami ! Te pardonner !... Quand tu souffres autant que moi !

Et de longs sanglots sans larmes ébranlèrent tout son être.

— Si elle ne peut pleurer, dit tout bas le docteur, la crise sera terrible !

Le comte se releva et posa la frêle tête blonde sur sa poitrine, où son cœur battait à se rompre.

— Ah ! chère, chère femme ! Pleurons ensemble, souffrons ensemble, nous serons moins malheureux et plus forts.

Et les pleurs perlèrent de ces yeux hagards, ils coulèrent, abondants et pressés, évitant à la pauvre désolée une crise qui pouvait la briser.

— Oh ! murmurait-elle, ne pas seulement savoir où s'est arrêté son corps ! Ce corps si beau qui était ma fierté ! N'avoir pu revoir ces grands yeux si doux, cette bouche rose qui me disait si tendrement : « Je t'aime ! » C'est cela qui me déchire, mon Roger, c'est cette pensée affolante de savoir ma chérie sous l'eau froide qui fera à jamais mon désespoir !

Comment répondre à ces plaintes déchirantes sinon par des larmes !

Une potion calmante lui procura quelques heures de sommeil.

Le mieux se maintint, et la jeune comtesse put se lever ; mais elle était d'une pâleur et d'une maigreur à effrayer, dans ses vêtements de laine noire. Lorsqu'elle sortit au bras de son mari, ce fut pour se diriger vers le parc. En vain le comte voulut s'y opposer.

— Je veux voir les lieux témoins des derniers jeux de ma fille, dit-elle ; cette eau qui me l'a prise me rendra peut-être son image.

Et, penchée sur les flots calmés, elle les regardait de tous ses grands yeux fiévreux. Ils ne lui renvoyaient qu'un visage navré qui était le sien.

Chaque jour elle revint s'asseoir sous le saule, près de la croix en marbre blanc que le père y avait fait dresser.

CHAPITRE VI

SANS REPOS

M. Queltin s'inquiéta de cette idée fixe, qui aurait conduit peu à peu Marie à la folie.

— Il faut voyager, mon cher comte. En vous arrêtant quelques jours dans chacune des villes que vous traverserez, vous éviterez la fatigue à Mme de Peilrac ; mais il est urgent de l'enlever à ces lieux funestes.

Et Roger recommença ses voyages. Hélas ! ce fut un calvaire qu'il monta avec cette mère qui ne voulait pas être consolée.

Marie avait résisté tout d'abord à l'ordre du docteur ; elle voulait rester près de cette rivière fatale qui l'attirait tout en l'affolant. M. Queltin la pria de le faire pour son mari, si elle l'aimait encore.

— Si je l'aime, docteur ! s'écria-t-elle alors avec une animation qu'elle ne montrait plus depuis longtemps. Je le chéris doublement, mon Roger, puisqu'il me remplace tout.

— Partez avec lui, alors ; il souffre ici, où tout lui rappelle ses chères disparues ; ayez pitié de lui... et de vous-même, ajouta-t-il tout bas.

Et la comtesse avait consenti.

Pour ne pas être troublé dans ses voyages, le comte avait chargé son notaire de tous ses intérêts.

— Occupez-vous de mes affaires, mon cher maître, mais je vous en prie, faites-le sans jamais me demander mon assentiment sur rien, je vous laisse seul juge. Lorsque j'aurai besoin de fonds, je vous écrirai.

Et ils étaient partis.

Ils visitèrent d'abord la Suède et la Norvège, puis l'Allemagne, la Suisse, l'Italie, l'Espagne. Ils passaient quelques mois dans chaque pays qui intéressait la pauvre malade ; lorsque ses grands yeux se détournaient des plus riants paysages, des monuments les plus splendides, ils s'en allaient continuant leur course à la recherche d'impressions nouvelles.

Arrivés à Barcelone, la fantaisie prit à Marie de visiter les Baléares. Un vapeur les mena à Palma, la capitale de Majorque. Cette ville plut à la jeune femme par la beauté de ses édifices, ombragés de palmiers, l'animation de son port que des navires de toutes sortes sillonnaient, l'étrangeté de ses rues étroites où régnait une fraîcheur très grande, malgré la chaleur déjà forte de cette journée de mai.

— Je me plairais ici, Roger, dit-elle, pendant qu'une légère voiture, une *galera*, les emportait vers le meilleur hôtel ; mais je voudrais habiter la campagne. Vivre sous ces beaux arbres, près de cette mer à l'azur si limpide, doit être bien doux. Je me sens lasse de tant de courses ; arrêtons-nous dans cette île.

— Tes désirs sont les miens, chérie ! s'écria le comte, heureux de la voir manifester une préférence.

Elle était toujours si morne, si passive ! « Si tu le veux, mon ami. Cela m'est indifférent ! » étaient ses phrases habituelles lorsque son mari lui demandait de séjourner dans tel ou tel lieu.

Après un repas réconfortant pris à la *fonda*, dont les maîtres les reçurent fort aimablement, dans une vieille et pittoresque demeure où régnait la plus grande propreté, M. de Peilrac s'enquit d'un médecin. C'était son premier soin lorsqu'il arrivait dans une ville ; il craignait tant de fatiguer cette femme doublement chère, redevenue pour lui un petit enfant sur qui l'on doit veiller sans cesse ! Le senor Falouzza lui fut indiqué comme l'un des meilleurs praticiens de l'île.

La *galera* les mena bientôt à son logis, qui excita tout d'abord leur intérêt, puis leur admiration. Palma possède un grand nombre de ces maisons originales qui abritaient les anciens chevaliers majorquins.

Celle du senor Falouzza n'avait qu'un étage au-dessus d'un rez-de-chaussée très élevé, mais les hautes et larges fenêtres à blasons étaient divisées en deux et trois parties par de frêles colonnes de marbre blanc du plus charmant effet. La toiture s'avançait en saillie, jetant sur tout l'édifice une ombre douce, une fraîcheur exquise.

Ce qui plut surtout à Roger, grand amateur d'antiques et belles choses, ce fut la cour intérieure, ou *patio*, avec son puits arabe aux pierres finement sculptées, son escalier à la rampe ajourée conduisant à une longue galerie aux piliers d'un goût très pur. Des arbustes et des lianes fleuries ornaient les angles de la cour, ou s'enlaçaient aux colonnes des balcons. Le tout formait un ensemble harmonieux et artistique bien fait pour charmer.

Un domestique les fit entrer dans un salon répondant pleinement à l'extérieur de cette ravissante demeure. Quelques instants plus tard, un homme d'un certain âge, à la physionomie sympathique, venait les y saluer. Les présentations faites :

— Je voudrais savoir si l'air de Majorque peut convenir à ma femme, Monsieur, dit Roger en espagnol, langue que la comtesse ne comprenait pas. Elle souffre un peu du cœur ; elle a eu surtout de grandes douleurs morales. Avant de m'y arrêter, je préfère avoir votre avis.

Après un regard anxieux et attristé sur Marie qui semblait en effet bien frêle, bien pâle dans cette robe blanche aux rubans sombres, le docteur, en excellent français, affirma qu'un séjour dans cette île au climat tempéré, à l'air excessivement pur, ne pouvait que convenir à la malade.

— C'est que je voudrais résider à la campagne, docteur, dit la jeune femme. Pourriez-vous nous indiquer une villa disponible pour quelque temps ?

— J'en possède une au Terreno, Madame, et je serais très heureux si vous vouliez y habiter.

— Mais cela vous privera, Monsieur ? fit Roger.

— Nullement, Monsieur le comte. Mes fonctions me retiennent surtout en ville. Puis, si je désirais y passer quelques heures, vous m'offririez bien l'hospitalité, ainsi qu'à ma femme et à nos deux fillettes, n'est-ce pas ?

— A cette condition, j'accepte, mon cher docteur ! s'écria M. de Peilrac en tendant la main à l'obligeant médecin. Quant à la question intérêt, vous la réglerez à votre bon plaisir ; vos conditions seront les nôtres.

— Très bien, cher Monsieur, nous en reparlerons. Je vais donc prier ma femme de vous faire donner les clés du *castillo*.

Et M. Falouzza, ouvrant tout simplement la porte du salon, appela :

— Thérésa !

Une jeune femme, aux grands yeux noirs, au frais sourire, entra et salua avec une grâce extrême. Elle fut mise au courant de la situation.

— Je suis charmée de pouvoir être agréable à des étrangers, dit-elle, en employant aussi la langue française, qu'elle parlait très bien, avec un léger accent chantant. La maison est gardée par de braves gens qui pourront être transformés en cocher et en cuisinière. S'il vous fallait d'autres domestiques, Madame, on en trouvera, et de très fidèles.

— Laissez une malade vous remercier bien vivement de votre amabilité, Madame, s'écria la comtesse, en l'acceptant de tout cœur, comme elle est offerte.

Ils continuèrent à causer comme d'anciens amis qui se retrouvent après une longue absence. On se donna rendez-vous pour le lendemain à la *fonda*, Marie ayant besoin d'une nuit de repos après les fatigues du voyage.

— Elle est bien malade, n'est-ce pas, mon ami ? demanda Mme Falouzza, lorsque M. et Mme de Peilrac les eurent quittés.

— C'est-à-dire qu'elle a à peine quelques mois à vivre ! Et elle le pressent bien. Ce désir de repos à la campagne en est une preuve. Pauvre femme ! pauvre mari surtout ! Il doit y avoir un mystère dans la vie de ces deux êtres jeunes, beaux, riches, et qui semblent si malheureux... C'est une maladie de cœur qui l'emportera, mais elle a dû être aggravée par un mal moral. Aussi leur ai-je offert spontanément notre *castillo*. Tu ne m'en veux pas, Résa ?

— J'en aurais fait autant, bien cher ! Pauvre créature ! quel désespoir, en effet, on lit dans ses yeux ! Oh ! si tu pouvais la guérir, Juan ?

Le docteur secoua la tête.

— Quand la science est impuissante, on ne doit s'adresser qu'à Dieu ; lui seul peut faire des miracles.

. . . .

Quelques jours plus tard, la jeune comtesse s'accoudait, toute joyeuse, au balcon fleuri de sa chambre, essayant de renaître à la vie au milieu des merveilles qui l'entouraient.

Mais le cœur était trop profondément atteint pour reprendre ses battements réguliers, et la malade se mourait doucement, tout en conservant l'espoir de guérir pour ce mari si bon, dont le dévouement et la tendre affection ne s'étaient pas démentis une seconde.

❃

M. et Mme de Peilrac continuèrent des relations courtoises avec leurs nouveaux amis.

Très souvent Mme Falouzza dirigeait vers le *castillo* la légère *galera* attelée d'une mule, si joliment harnachée de pompons et de grelots, qu'elle conduisait elle-même. Ses fillettes, Inès et Carmen, deux mignonnes jumelles de quinze ans, l'accompagnaient toujours.

C'était une réelle distraction pour Marie que la venue de ces femmes aimables et bien élevées. Elles cherchaient par tous les moyens à l'arracher à ses tristes pensées, et elles y réussissaient parfois : la jeunesse et le bonheur sont communicatifs.

Mme Falouzza avait reçu la douloureuse confidence. Assise près de Marie, sur le balcon fleuri, leurs mains étroitement unies, elle avait écouté le récit du drame terrible, et mêlé ses larmes à celles de la mère inconsolée. C'était un devoir pour elle maintenant de venir lui apporter ses baisers de sœur et les frais sourires de ses filles qui, comme elle, chérissaient la comtesse.

Qui n'aurait aimé cette jolie et douce créature qu'un mal incurable minait, qui le savait, et trouvait encore assez d'énergie en elle pour accueillir ces sympathies, un éclair de joie en ses yeux limpides !

Parfois Marie, en ses heures de calme, jetait sur la belle tête brune de sa nouvelle amie la mantille nationale en dentelle noire, où elle piquait un bouquet.

— Que cette coiffure vous va bien ! disait-elle avec son sourire resté si jeune malgré tout. Jamais vous n'en devriez porter d'autres.

Et la belle Espagnole souriait, heureuse de réjouir un peu la malade.

Pendant les premiers jours de leur arrivée à Majorque, le comte avait fait visiter à sa femme les principaux monuments de Palma, Marie étant alors assez forte pour le supporter.

Ce furent les églises qui les attirèrent tout d'abord : la cathédrale, immense, dont les piliers nombreux portent de merveilleuses sculptures, ainsi que son superbe portail ; l'église *San Francisco*, celle du *Monte-Sion*, qui offrent encore de grandes richesses.

Le sacristain qui leur servit de guide pendant leur visite à la cathédrale les fit s'arrêter devant le tombeau en marbre noir sur lequel un sceptre, une couronne et une épée étaient déposés.

— Le corps du roi don Jayme II y est enfermé, leur dit-il ; il est parfaitement conservé depuis tant de siècles ; le voulez-vous voir ?

La comtesse avait fait un geste d'épouvante en se reculant.

— Non ! non ! s'était-elle écriée ; laissez ce roi en paix, je ne veux pas troubler son repos. Heureux ceux qui peuvent prier sur le tombeau des leurs ! avait-elle ajouté.

Et son mari l'entraîna loin de ce coin funèbre.

Ils s'extasièrent ensuite devant la *Casa consistorial*, ce splendide édifice, aux portes et aux fenêtres à frontons d'une belle architecture ; son toit s'avance sur une grande profondeur, et cet auvent admirablement sculpté lui donne grand air. Dans une des salles des séances se remarque le portrait du roi don Jayme Ier, *el Conquistador*.

La *Lonja*, bel édifice de style gothique, dont les tours à créneaux se reflètent dans l'onde ; le *Palacio Real*, superbe demeure de construction romaine, leur plurent aussi infiniment.

Mais, plus que ces œuvres des hommes, la nature radieuse de Majorque, cette perle des Baléares, les attirait.

Sous un ciel à l'azur éclatant où volaient de blanches colombes, ils se plaisaient à errer tous deux, dans leur *galera* aux mules richement caparaçonnées, par les larges chemins bordés d'arbres splendides qui jetaient sur leurs fronts l'ombre de leurs puissants rameaux, ou en suivant un sentier longeant la mer, et tout parfumé de romarin et de lavande. Et, disséminés sur la falaise, de gais moulins tournaient au vent du large de toutes leurs ailes de lin.

La jeune femme aspirait à pleins poumons cette brise douce et embaumée, qui semblait lui apporter une existence nouvelle. Et le comte renaissait à l'espérance en voyant ses yeux devenir plus rieurs, ses joues se colorer sous l'action vivifiante de cette température exquise.

Parfois ils rencontraient de gracieuses filles revenant de la fontaine en portant sur la hanche, d'un geste charmant, leur cruche en forme d'amphore. Ils s'arrêtaient dans de coquets villages cachés sous les amandiers et les oliviers. Des jeunes gens s'y reposaient des travaux du jour en jouant sur la guitare des airs majorquins au rythme entraînant ou berceur. Pour plaire aux étrangers, toujours les bien accueillis dans cette île, les jeunes filles, si séduisantes sous ce voile blanc qui leur encadre le visage, prenaient leurs castagnettes et dansaient une *jota*, à cet accompagnement bizarre mêlé à celui des guitares.

— Encore, encore !... disait Marie, enthousiasmée par la légèreté des danseuses et l'harmonie des mélodies.

Mais quand le comte voulait récompenser musiciens et danseuses, il devait s'y prendre très adroitement, afin de ne pas froisser leur fierté native. C'était toujours la jeune femme qui glissait gentiment les pièces d'or dans les pochettes des tabliers, en disant doucement dans cette langue espagnole qu'elle commençait à connaître :

— Pour vous acheter une jolie mantille, et boire aussi à ma santé. Voyez, elle est bien chancelante, vous ne pouvez me le refuser !

Et des pleurs brillaient souvent dans les grands yeux noirs, remplis de jeunesse et de santé, qui la regardaient.

Ils aimaient encore à se laisser bercer par les flots sur la balancelle d'un vieux marin, au pittoresque costume, qui leur chantait aussi une lente mélopée retraçant la vie aventureuse des pêcheurs et leur amour pour la belle charmeuse, dont les caprices sont souvent si terribles.

Hélas ! toutes ces joies devaient finir. La maladie s'aggravait, malgré toutes les ardeurs de la pauvre jeune femme à se rattacher à la vie, et elle dut rester au *castillo*, n'ayant même plus la force de descendre du grand balcon, où elle passait ses jours à demi étendue sur sa chaise-longue.

Elle espérait encore, cependant ; il lui était si douloureux de laisser Roger seul, tout seul ! Elle mettait cette faiblesse qui l'anéantissait sur le compte des mois brûlants qu'ils venaient de traverser.

— Bientôt je serai mieux, disait-elle.

Et le comte le désirait ardemment, sans trop l'espérer. Les suffocations devenaient si violentes parfois !

CHAPITRE VII

LA FLEUR S'INCLINE

Ce relèvement de tout l'être qui précède souvent la mort se continuait chez Mme de Peilrac. Débarrassée de ces étouffements qui la faisaient cruellement souffrir et la retenaient au lit ou sur une chaise longue, elle avait repris ses promenades dans le jardin. Elle pouvait même, à sa grande joie, aller jusqu'à l'église remplir ses devoirs religieux ; elle en avait été privée pendant bien des semaines.

Et pour remercier Dieu de cette amélioration dont elle se réjouissait surtout pour Roger, elle multipliait les prières et les actes charitables. Aussi était-elle bénie de toute la population pauvre du Terreno de Palma.

— Nous resterons dans cette île où j'ai recouvré la santé, Roger ! disait-elle. Entourés de bons et vrais amis, dans cette nature idéalement belle, au climat délicieux, nous y vivrons mieux qu'ailleurs.

Et le comte, dans tout le bonheur de son âme, s'associait à ces projets.

— Nous achèterons un grand terrain non loin du *castillo*, chérie, et nous y ferons bâtir une demeure conforme à tes goûts. Nous ne pouvons continuer à priver la famille Falouzza de sa résidence d'été.

Dans leurs promenades, ils avaient choisi l'endroit désiré, déjà planté de grands et beaux arbres sous l'ombrage desquels s'élèverait le château dont M. de Peilrac avait dessiné le plan.

Et cependant, un matin, après le petit déjeuner qui les avait réunis dans la salle, Marie s'assit sur un canapé en invitant Roger à prendre place à ses côtés.

— J'ai fait un rêve étrange, ami, dit-elle, en lui prenant la main.

— Est-il gai ou triste ? interrogea-t-il en riant.

— Il est les deux. Je me trouvais dans un jardin délicieux avec ma Mireille et tous nos parents ; nous nous promenions heureux à travers les massifs fleuris et parfumés, sous un ciel d'azur et d'or.

— Et moi, où étais-je ? fit-il un peu inquiet en voyant briller dans les yeux de sa femme cette lueur vague et tremblante qui l'effrayait tant.

Elle passa la main sur son front.

— Attends, que je me rappelle !... Toi !... je ne te voyais pas près de nous. Tu étais sans doute resté sur la terre, car ce beau jardin devait être le paradis, n'est-ce pas, Roger ?

Il ne lui répondit pas. Sa main se glaçait de terreur entre les doigts brûlants de la malade. Oh ! si c'était un pressentiment de sa fin prochaine ! S'il allait la perdre !...

— A mon réveil, j'étais un peu attristée, reprit la comtesse, sans s'apercevoir du trouble de son mari. Aussi je ne voudrais pas te laisser seul si je dois mourir avant toi.

Roger la prit sur sa poitrine, et l'embrassant follement :

— Ne parle pas de mourir, mon aimée, ma seule amie, que veux-tu que je devienne sans toi ?...

Elle lui rendit ses baisers, puis se dégageant :

— C'est une supposition. Je dis : si je meurs avant toi, et tout le fait supposer, puisque je suis la plus frêle ; ce n'est pas une raison pour croire que je mourrai demain. Nous devons tous nous séparer un jour, tu le sais bien, mon Roger, mais pour nous retrouver. Donc laisse-moi achever. Si je te quitte encore jeune, promets-moi de ne pas rester dans l'isolement, promets-moi de chercher une compagne douce et tendre qui me remplace.

Cette fois, ce furent les sanglots du comte qui lui répondirent.

— Quoi ! balbutiait-il au milieu de ses larmes, tu connais toute l'immensité de mon amour, et tu ne veux pas que je te pleure toute la vie, si j'avais la douleur de te perdre ? O Marie !... Marie !... L'heure de ta mort sera la mienne !

— Cela serait mieux ainsi ! fit-elle, en posant sa tête alanguie sur l'épaule de son mari. Comme nul ne connaît les desseins de Dieu, je puis toujours te dire quelles seraient mes dernières volontés. Je voudrais te laisser avec la conviction que tu ne demeureras pas désespéré et seul.

Mène-moi au jardin, je voudrais cueillir une gerbe pour fleurir la Madone de ma chambre.

Sous le ciel étincelant, au milieu des fleurs dont les parterres étaient étoilés, malgré octobre à son déclin, le pauvre Roger échappa un peu à ce cauchemar affreux qui venait de le torturer tout éveillé.

Il regardait cette femme qui avait déjà quelque chose de l'au-delà, puisque, s'oubliant complètement, elle pensait à ne pas laisser dans la tristesse et l'isolement celui qu'elle aimait plus qu'elle-même. Et il considérait avec épouvante sa beauté presque idéalisée, sa taille si mince qu'elle aurait tenu dans un collier d'enfant, et surtout cette lueur mystique en ses yeux clairs. Et il se répétait, dans une angoisse sans nom, tout en lui coupant les fleurs désignées :

— Mon Dieu ! Si j'allais la perdre au moment où je la croyais guérie !... Alors, comme grâce suprême, prenez-moi avec elle, ô mon Dieu !...

❁

Un matin, le comte s'habillait dans sa chambre, qu'une porte à deux battants, toujours ouverte, mettait en communication avec celle de Marie. Il s'entendit appeler par la malade, et se hâta de se rendre près de son lit.

— Déjà éveillée ! chère ! lui dit-il de cette voix tendre qu'il avait toujours en lui parlant.

— Oh ! depuis longtemps ! répondit-elle, en lui tendant ses doigts si frêles auxquels les bagues ne tenaient plus.

Il les embrassa, et, les gardant entre les siens, il s'assit sur le bord de la couche.

— Je ne voulais pas te déranger, reprit-elle, je te croyais encore endormi ; lorsque tu as fait tomber un objet, je me suis décidée à t'appeler.

— Te trouvais-tu souffrante, ma chérie ! interrogea-t-il, subitement inquiet.

Elle eut un joli rire.

— Non ! Mais comme une grande paresseuse, je désirais dire mes prières au lit, et, n'ayant pas trouvé mon chapelet sous ma main, je n'ai pas eu le courage de me lever pour le prendre.

— Et tu as fort bien fait, ma chère petite ; il ne faut pas te fatiguer.

Il prit le rosaire posé dans une coupe et le lui tendit.

— Merci ! fit-elle. La première dizaine sera dite à ton intention.

Il la regardait enrouler les perles nacrées entre ses doigts. Qu'elle était belle en cette pose mystique ! Mais quelle pâleur sur tout ce visage aimé ! Et dans ses beaux yeux clairs, pourquoi encore cette lueur de l'au-delà ?

La comtesse baisa pieusement la croix du chapelet, et leva la main pour tracer sur son front le signe rédempteur. A peine la croix d'or y avait-elle resplendi, que la blonde tête s'inclina sur les oreillers avec ce cri :

— Mon Dieu !...

— Tu te trouves mal, chérie ?... s'écria Roger, en se penchant, anxieux, vers elle.

Mais dans les grands yeux qui fixaient les siens, il n'y avait plus de regard ; de la bouche rose entr'ouverte sous le dernier soupir ne sortit pas une parole.

— Marie ! Marie !... balbutia le malheureux. Il essaya de la soulever. Hélas ! le corps sans vie ne se prêta pas à son étreinte.

— Elle est morte !... Oh ! je deviens fou !...

Il se suspendit à la sonnette placée au chevet du lit.

— L'abbé Hersales, le Dr Falouzza, vite, vite !... commanda-t-il aux domestiques accourus tout effrayés, Madame a une syncope.

La femme de chambre s'approcha vivement :

— Pauvre Madame ! fit-elle.

Elle aimait beaucoup cette maîtresse si bonne, qui ne lui avait jamais dit une parole dure. Elle s'écarta, affolée, en disant :

— Ah ! Monsieur ! Madame la comtesse est morte !

— Que dites-vous ?... gémit Roger qui voulait douter encore.

— La vérité, Monsieur le comte !

M. de Peilrac se pencha de nouveau sur la tant aimée, qui se glaçait déjà sous la froide étreinte de la mort.

— O Marie ! est-ce vrai ? M'as-tu aussi abandonné ? Dois-je rester seul, tout seul ?... Oh ! non, non, emmène-moi, bien-aimée !...

Et, se jetant à genoux, il embrassait en sanglotant les petites mains de cire, essayant de les réchauffer entre les siennes.

L'abbé Hersales entra en ce moment, portant à tout hasard les objets destinés aux onctions suprêmes. Il étendit les doigts sur ce front décoloré, si sculptural dans la mort qu'il semblait un beau marbre, puis s'agenouilla aux côtés du désespéré.

— Vous avez perdu une sainte, Monsieur le comte ! dit-il à voix basse. Si vous pleurez sur la terre, les anges se réjouissent dans le ciel.

— Si je pouvais mourir aussi, Monsieur l'abbé !

Et une crise de larmes le jeta encore éploré sur la couche funèbre.

— Dieu se réserve le droit de notre heure dernière, prononça gravement le jeune prêtre ; nous ne pouvons la hâter. Acceptez avec résignation cette nouvelle croix que sa main divine place sur votre épaule.

Roger ne lui répondit que par des sanglots.

— Soyez fort, Monsieur de Peilrac, et relevez-vous pour fermer les yeux de celle pour qui il n'est plus ni peines ni souffrances. C'est votre devoir, accomplissez-le en chrétien.

Comme le comte se levait en chancelant et fermait sous ses baisers et ses pleurs ces beaux yeux qui ne le verraient plus en ce monde, le docteur entra, accompagné de Mme Falouzza. Ils mêlèrent leurs larmes et leurs regrets aux siens. Comment consoler une telle douleur ?

— La mort de ma fille est la cause de celle de ma femme ! s'écria soudain le comte. Marie ne s'est jamais consolée de cette perte cruelle !

— Non, mon cher ami, ne le croyez pas, lui répondit M. Falouzza. Près de vous qu'elle chérissait, la comtesse, sans oublier, se serait reprise à la désespérance, si ce mal physique qu'elle tenait de ses parents ne l'avait condamnée à l'avance. Même si votre Mireille avait vécu, sa mère aurait été emportée par cette maladie héréditaire.

— Oh ! que l'on devrait se garder d'épouser ces pauvres êtres marqués dès le berceau à disparaître bien jeunes encore ! se murmura l'homme de science. Mais par cette souffrance même qui les fait plus tendres, ils veulent être aimés, et ils le sont doublement.

Et, tout ému, il regardait la jeune femme si touchante dans ses blancs vêtements, avec ce chapelet de perles entre ses mains d'albâtre.

Thérésa vint lui parler tout bas.

— Venez avec nous, mon bien cher comte, ma femme va procéder à la dernière toilette de votre chère Marie. Vous reviendrez près d'elle dès qu'elle sera terminée.

Roger se laissa conduire par l'abbé et le docteur.

*

La pauvre morte avait été mise dans son cercueil, après avoir été veillée par son mari et leurs sincères amis, au milieu des fleurs et des lumières. La bière disparaissait sous les couronnes et les palmes ; chacun, riche comme pauvre, avait tenu à apporter sa gerbe à celle qui s'était fait chérir par son exquise amabilité, son inépuisable charité.

Le comte allait partir pour la ramener en France. Bien souvent Marie lui avait dit :

— Si je meurs avant toi, Roger, promets-moi de me coucher sous la croix de marbre élevée au bord du Gave. Là, je me croirai plus près de ma fille.

Et, fidèle au dernier vœu de la chère disparue, il allait entreprendre le douloureux voyage. Ah ! lorsqu'il la menait du Nord au Midi, si blanche dans ses vêtements de deuil, portant au cœur une douleur toujours lancinante, il croyait avoir gravi son calvaire. La montée la plus douloureuse lui restait encore à franchir. Il repasserait par ces mêmes lieux, avec cette fois, sa bien-aimée couchée dans son linceul.

Lorsque les côtes de France furent en vue, Roger eut une terrible crise de désespoir.

Nul parent ne l'attendait dans son pays natal ; toute sa famille avait disparu, et aussi celle qu'il s'était formée, afin de continuer le nom des Peilrac. Il avait laissé ses nombreux amis sans nouvelles, occupé exclusivement de sa chère malade pendant ces années employées à des voyages sans fin, et personne ne serait là pour le recevoir.

Aussi quelle reconnaissance il éprouvait pour les deux nobles cœurs qui n'avaient pas voulu le voir dans l'isolement en cette épouvantable épreuve. Quelles exquises bontés ils avaient eues pour lui pendant cette longue et douloureuse traversée ! Et maintenant que l'on approchait de Peilrac, avec quelles paroles émues ils relevaient son courage, bien près de sombrer.

Novembre, qui était un véritable mois de printemps à Majorque, se montrait en France dans toute sa morne tristesse. Un vent âpre soufflait dans les grands arbres à peu près dépouillés, élevant sous un ciel noir leurs branches suppliantes, tandis que les feuilles qui en faisaient l'ornement tournoyaient, lamentables papillons, avant d'aller joncher les sentiers.

Le domaine n'avait pas souffert de cette longue absence du comte. Les serviteurs fidèles qu'il y avait laissés n'avaient pas eu besoin de la présence du maître pour y faire régner l'ordre le plus grand.

Ce fut par la large avenue soigneusement entretenue, où les rosiers de Bengale aimés de Marie portaient encore de pâles fleurs, que le cercueil passa, au bruit du jet d'eau, lançant toujours au ciel assombri sa gerbe de perles avec un bruit de sanglots.

Il fut déposé dans le grand salon, avant d'être porté sous la croix de marbre, au bord de ce Gave qui continuait à rouler, insouciant des hommes et de leurs chagrins, ses eaux limpides entre leurs rives verdoyantes.

La veillée funèbre rassembla les amis des environs, bientôt prévenus de ce nouveau deuil.

Le comte, malgré les fatigues du voyage, ne voulut pas délaisser celle qui, le lendemain, allait disparaître à jamais sous la terre froide et noire.

— Laissez-moi près d'elle, disait-il, je la possède encore, je puis appuyer ma tête sur cette bière où elle repose ; bientôt elle sera cachée à mes yeux.

Et comprenant ce désir si naturel chez cet être aimant qui perdait sa dernière affection, le docteur le laissa accomplir ce qu'il appelait son devoir.

L'abbé Coural ne put joindre ses prières et ses regrets à ceux de Roger. Le vénérable prêtre, après une vie toute de charité et d'abnégation, était allé recevoir la récompense éternelle de sa foi qui n'avait jamais douté, qui ne s'était jamais rebutée. Seul, le bon docteur Queltin bénit le dernier sommeil de la petite comtesse qu'il avait soignée jadis avec toute sa science et son entier dévouement.

CHAPITRE VIII

DOULEUR ET JOIE

Il fallait une permission de la préfecture pour inhumer la comtesse dans le parc du domaine. M. de Peilrac avait adressé la veille une carte au sous-préfet, avec quelques mots d'explication. Il voulait éviter toutes les formalités qui auraient entraîné avec elles des retards infinis ; c'est pourquoi il avait préféré demander quelques instants d'entretien à M. des Roulleaux, le sous-préfet de Bayonne.

Roger le connaissait depuis son arrivée dans cette ville ; il avait su apprécier son haut savoir et son extrême amabilité.

En hâte, le fonctionnaire se rendit au château. Le maître du logis le reçut sur le perron, profondément touché de cette marque d'affection.

— Je n'aurais pas voulu obliger personne à quitter Peilrac en ce moment douloureux, mon cher comte ; c'est moi qui devais venir à vous, en vous apportant les plus sincères condoléances de ma femme et les miennes.

— Merci, mon ami !...

Et Roger, tout attendri, fit entrer le sous-préfet dans le salon d'honneur, où celle qui l'y avait si bien accueilli jadis reposait, froide et rigide, sous les fleurs amoncelées.

Après quelques minutes de pieux recueillement devant ce cercueil qui renfermait tant de jeunesse et de beauté, M. des Roulleaux dit tout bas au comte :

— Je voudrais vous entretenir un instant, mon pauvre cher ! Venez aussi, Monsieur, ajouta-t-il en s'adressant au Dr Queltin.

Les trois hommes passèrent dans le petit salon.

— Etes-vous bien certain que votre fille soit morte, de Peilrac ? demanda le sous-préfet.

A cette brusque et étrange interrogation, Roger le regarda, en se demandant lequel devenait fou des deux : de celui qui la lui posait, ou de lui qui devait la mal interpréter.

— Ma demande vous semble bizarre, continua M. des Roulleaux, mais vous penserez sans doute comme moi, lorsque vous aurez lu un extrait de ce journal. Je l'ai reçu il y a six mois environ, et la note qu'il renferme me sembla concerner votre petite Mireille. A cette époque, je ne savais où vous aviez porté vos pas, et je le serrai dans un tiroir afin de le retrouver. Aujourd'hui, je m'empresse de vous le mettre sous les yeux.

Il déplia un papier jauni, et le tendant au comte, tout bouleversé :

— Voulez-vous lire attentivement ce paragraphe ?

— Faites-le vous-même, je vous prie ; mon émotion est trop grande, je ne le pourrais.

— Voici :

Une petite fille de huit à neuf ans a été abandonnée au pied d'une croix, placée au carrefour dit des Quatre-Chemins, et situé non loin de Kerentrech, faubourg de Lorient ; Mme Kerlan, la femme d'un contremaître du chantier de Caudan, qui passait sur cette route, a relevé la pauvre petite, que l'on avait dû endormir, et l'a conduite chez elle, à Kerentrech, où elle se trouve encore. Cette enfant est brune, avec de grands yeux noirs. Ses vêtements, sans être recherchés, sont très convenables ; son linge est marqué aux initiales B. C. De plus, elle porte au cou un collier d'or avec une médaille de baptême du même métal. Sur l'une des faces de cette médaille, se trouvent deux cloches, avec, au-dessus, des têtes d'anges ; sur l'autre, un nom, une date : Mireille, baptisée le 27 juin 18.....

A peine M. des Roulleaux avait-il achevé cette lecture que M. de Peilrac, avec un grand cri d'angoisse, se renversa sur son fauteuil.

— Voilà ce que je craignais ! s'écria le sous-préfet. C'est pourquoi j'ai cru devoir vous faire assister à cet entretien, Monsieur.

Le docteur s'empressait, afin de rappeler le malheureux Roger à la vie.

— L'émotion a été trop vive après cette douleur qu'il traverse, murmura-t-il. Ah ! Monsieur, comme elle se changera en joie si cette nouvelle concerne sa petite Mireille tant pleurée !

— Je le crois : l'âge, le nom, tout l'indique.

Après quelques plaintes, quelques mots inarticulés, M. de Peilrac recouvra sa complète connaissance. Il alla au sous-préfet, et lui prenant les mains :

— C'est ma fille ! c'est bien ma Mireille !... Oh ! mon ami ! Quel espoir vous faites naître en moi !...

Puis, après un silence :

— Hélas ! je la retrouverai trop tard ! Ma pauvre Marie n'aura pas le bonheur de la presser entre ses bras ! Bien plus, cette certitude de sa mort a hâté la sienne.

— Ne le croyez pas, mon cher comte ! dit le médecin, la comtesse était condamnée dès la naissance.

— Mais si j'avais lu ce journal il y a six mois, la mère inconsolée aurait pu avoir du moins la joie que j'éprouve aujourd'hui, rien qu'à la pensée de revoir bientôt cette petite créature tant chérie ! Oh ! ces longs voyages, ils m'auront deux fois trahi !...

— Si vous aviez correspondu avec quelques-uns de vos amis, reprit M. des Roulleaux, j'aurais su où vous retrouver ; mais nul n'a pu me mettre sur vos traces, et ce journal est resté à la sous-préfecture en attendant votre retour.

— C'est une fatalité ! gémit Roger. Ce collier à la large médaille d'or a été attaché par ma mère au cou de Mireille le jour même de son baptême, elle le portait toujours. Cette enfant que je croyais dans le Gave avait donc été volée ? Pour quels motifs ? Et pourquoi cet abandon ?

— Mais cette petite fille a dû l'expliquer, sans doute ! insista le docteur.

— Non, répondit le sous-préfet. La note, dont je n'ai pas achevé la lecture, se termine ainsi :

Et, chose extraordinaire, ni les prières ni les menaces n'ont pu faire avouer à l'enfant avec qui elle vivait avant d'avoir été déposée au bord de la route.

— Elle était malheureuse chez les misérables qui l'avaient prise pour en faire peut-être une saltimbanque, s'écria le comte, et elle se sera enfuie.

— Mais ne parle-t-on pas d'un sommeil provoqué par un narcotique ? demanda le docteur.

— Oui, dit M. des Roulleaux. Nous ne pouvons donc faire que des suppositions sur cet abandon.

Si je n'avais pas été moi-même obligé de quitter Bayonne à cette époque, par suite de la mort de mon beau-père, je me serais occupé de cette pauvre petite, mon cher comte, croyez-le. Puis, je m'attendais chaque jour à vous voir revenir.

— Je suis revenu, en effet, mais trop tard... Merci mille fois de m'avoir conservé ce journal, mon cher des Roulleaux, ajouta-t-il en lui serrant encore chaleureusement les doigts. Il va me permettre de partir pour la Bretagne, où je retrouverai sans doute ma Mireille aimée. Dans un autre moment, quel bonheur eût été le mien !

— Si, comme tout le fait prévoir, cette petite abandonnée est votre fille, quelle douce consolation pour vous, fit le docteur.

— Dites immense ! cette mort me laisse si seul !... En attendant mon retour, je vais faire déposer la pauvre mère, qui, elle, ne reverra plus son enfant, dans notre tombeau de famille. Son dernier vœu ne peut être exécuté, si notre Mireille n'a pas péri dans le Gave.

Quelques heures plus tard, la funèbre cérémonie s'accomplissait, au milieu d'une grande affluence d'amis sympathisant avec le chagrin du mari et la joie du père qui allait peut-être revoir son enfant.

. . . .

Dans le wagon qui l'emportait vers cette petite ville de Kerentrech où allaient toutes ses espérances, le comte réfléchissait à cette étrange histoire d'enlèvement.. Il déplorait amèrement de n'y avoir pas songé lors de la disparition de Mireille.

Si, au lieu de sonder ce Gave, on avait cherché aux environs, peut-être aurait-on pu retrouver le ravisseur.

Ce panier à demi plein près de la fleur brisée, ce chapeau flottant à la branche du saule, avaient sans doute été déposés au bord de la rivière pour dépister les recherches. Et ce qu'avait prévu le malfaiteur était arrivé : on avait cru l'enfant noyée, et on lui avait laissé le temps de disparaître avec sa proie.

Quelle amertume dans ces pensées !

Puis, soudain, un autre point douloureux se dressa devant ce pauvre cerveau troublé par tant d'événements tragiques.

Qui lui disait que cette petite fille au collier d'or était la sienne ?

Si Mireille était vraiment tombée dans la rivière, n'avait-on pas pu la recueillir morte sur une des rives et lui enlever ce bijou pour le passer au cou d'une autre ?

Alors le doute odieux ravagea cette âme meurtrie, et la fit passer encore par toutes les angoisses.

A l'âge de trois ans, Mireille lui ressemblait étrangement, mais les traits changent avec le temps. Retrouverait-il encore cette ressemblance qui lui ferait ouvrir ses bras à la petite inconnue ?

Le doute planait maintenant sur lui ; comment pourrait-il le dissiper avant de terminer cette longue route ?

La nuit venait. Resterait-il tout seul dans ce compartiment avec cette nouvelle blessure au cœur ? Il souffrait cruellement dans cette solitude, où ne passait plus le regard énergique et réconfortant du docteur ni le doux sourire de sa femme.

— Inspire-moi, Marie ! murmurait-il. Dis-moi, ô bien-aimée, à quels signes je reconnaîtrai notre enfant ?

A ces mots, ses yeux s'illuminèrent.

Un signe ?

Mireille en avait un sur l'épaule gauche, un grand signe noir, aussi large qu'un grain de raisin. Souvent sa mère l'embrassait en riant, et disait :

— Si jamais je te perdais, ma Mireille, je te reconnaîtrais entre toutes après des années et des années, grâce à ce signe !

Et plus calme, maintenant que la chère morte l'avait inspiré, le comte murmura :

— Merci !...

TROISIÈME PARTIE

RÉUNIS

CHAPITRE PREMIER

LA PREMIÈRE ENTREVUE

Qu'il faisait bon par cette maussade journée d'automne, dans ce petit salon familier où se plaisaient Mlles de Montscorff !

Un grand feu de branches brillait dans l'âtre, en jetant de belles flammes d'or, traversées par des flammèches d'azur. Des gerbes de chrysanthèmes semaient leur note vive et gaie dans toutes les jardinières, et un léger parfum de violettes prouvait que le petit vase préféré posé à l'angle de la cheminée en contenait une jolie touffe.

Un rayon de soleil perçant les nuées noires de novembre vint illuminer la table placée dans l'embrasure d'une des profondes fenêtres, où se penchaient les travailleuses qui s'étaient réunies pour achever certains vêtements destinés aux pauvres. La froide saison allait commencer, il fallait se hâter pour ne pas laisser souffrir les enfants et les vieux.

Mlle Irène tenait en ses mains longues et fines un bas de laine qu'elle tricotait pour un vieillard. Paule enseignait à Mireille un point de crochet pour terminer la petite camisole d'un nouveau-né ; Yvonne Le Thiennec, la gouvernante, cousait activement, ainsi que la gentille receveuse de Cléguer, Alice Rindon, qui avait profité d'un moment de répit à son bureau pour apporter son aide à ses amies.

La petite fille était ravissante de santé et de gaieté. Dans cette toilette blanche qui était sa parure favorite — Paule instinctivement l'habillait toujours de robes de cette nuance, — elle avait un charme infini, avec ses longues boucles brunes aux teintes chaudes et ses beaux yeux noirs si lumineux, maintenant que l'anémie avait été vaincue.

S'absorbant dans sa tâche, elle sut bientôt faire le point que Mlle de Montscorff lui montrait avec une patience vraiment maternelle.

— Tu as très bien compris, et cela ira tout seul, lui dit sa mère adoptive avec un sourire. Mais il ne faut pas t'appliquer outre mesure, tu termineras cette camisole demain. Prends ta poupée, chérie, et amuse-toi, tu l'as bien mérité.

Mireille secoua sa tête mutine.

— Je voudrais l'achever auparavant, fit-elle ; tante Irène dit que l'hiver sera rude cette année, alors il faut nous presser afin que personne n'ait froid autour de nous.

Tout attendrie, Paule baisa le front pur qui s'attristait en pensant aux misères des autres, puis regarda sa sœur et leurs compagnes, une joie dans les yeux :

— C'est bien, petite Mireille, tu as un bon cœur, lui dit Alice ; ton ange gardien sera content de toi ; ce soir, il étendra, radieux, ses ailes soyeuses sur ta couche.

— Et sur la vôtre aussi votre ange veillera, Mademoiselle Alice, dit l'enfant d'un air sérieux, car vous n'hésitez pas à venir nous rejoindre par ce vilain temps pour travailler aux choses des malheureux.

— Mon mérite n'est pas très grand, vois-tu, ma chérie, parce qu'il y entre un peu d'égoïsme : je me trouve si bien parmi vous ! Il est si triste d'être seule ! murmura-t-elle.

— Tant mieux ! fit la petite fille qui n'avait pas entendu la dernière phrase. De cette façon, vous resterez toujours à Cléguer.

Toutes rirent de cette conclusion.

— Laisse ce travail, petite courageuse, et va chercher ta poupée, reprit Paule.

Obéissante, Mireille monta dans sa chambre où sa *fille* reposait encore, sa journée ayant été trop remplie pour qu'elle eût pu s'en occuper.

— Quelle charmante petite nature ! s'écria Alice, on s'y attache chaque jour davantage !

— N'est-ce pas? fit Paule ravie. Le temps me semble avoir des ailes depuis que cette jolie fillette est entrée au château. Quand je songe que sept mois se sont déjà écoulés depuis ce moment ! Je crois voir encore Mme Kerlan nous l'apporter si pâle, si frêle !

— Elle a changé, depuis cette époque, dit Mlle Irène. Si ceux qui l'ont abandonnée la retrouvaient aujourd'hui, ils ne la reconnaîtraient pas.

— Les soins assidus, la douce vie, le bon air pur, tout y a contribué, reprit Alice. Cette enfant vous doit beaucoup, Mesdemoiselles.

— Elle en est bien reconnaissante, dit Yvonne. Le soir, dans ses prières, quelles actions de grâce elle adresse au ciel en nommant sa mère et sa tante !

— Elle est remplie de cœur ! s'exclama Paule. Elle n'oublie pas davantage celle qui l'a relevée sur la route où l'avait jetée la méchanceté la plus noire. Si je pouvais savoir qui a commis cette action indigne !...

— Mireille n'a jamais parlé ? demanda Mlle Rindon.

— Non, jamais, et je ne l'interroge plus; elle semblait souffrir de cette insistance. L'enfant est heureuse, c'est l'essentiel. Dieu se chargera de punir les criminels, car c'est l'être que d'abandonner à la merci des événements une pauvre petite innocente. Mais parfois je me demande si une mère désolée ne la pleure ! acheva la jeune femme rêveuse.

— Tu crois toujours qu'elle a été volée avant d'être délaissée ? lui dit sa sœur.

Avant qu'elle ait pu répondre, la sonnette de la porte d'entrée retentit légèrement.

— Bon, une visite ! s'écria Mlle Irène. Qui peut venir à cette heure ? Et les domestiques qui ne sont pas là !

— Voulez-vous que j'aille ouvrir, Mademoiselle ? demanda Yvonne.

— Allez, mon enfant, et faites entrer ici; ce petit salon est plus hospitalier aujourd'hui, puisque le grand est sans feu.

La jeune fille sortit et revint quelques instants après avec un inconnu grand et distingué, au visage triste et pâle. Elle annonça :

« Monsieur le comte de Pelirac ! » et s'en fut retrouver son élève.

Roger s'inclina profondément.

— Soyez le bienvenu à Montscorff, Monsieur ! lui dit Mlle Irène en lui désignant un fauteuil.

Paule le regardait et semblait atterrée.

Comme Alice allait se retirer :

— Je ne voudrais nullement vous déranger, Mesdames, dit le comte; restez, je vous en prie !

Soudain la porte placée en face du visiteur s'ouvrit brusquement, et la petite fille s'y encadra.

A cette vue, Roger ne fut pas maître de son premier mouvement. Il ouvrit les bras en s'écriant :

— Mireille !...

Comme poussée par une force mystérieuse, l'enfant s'y précipita.

— Mireille !... répéta l'heureux père en l'embrassant, ma bien-aimée ! Ma fille !...

Ah ! il n'avait pas eu besoin de recourir au signe pour la reconnaître ! Ces yeux noirs aux reflets d'or, ce front blanc auréolé de boucles brunes, ce nez aux ailes palpitantes, étaient les siens; cette jolie bouche aussi rouge qu'une fleur de grenade, c'était celle de la chère morte.

Enfin M. de Pelirac se reprit à l'affolement du brusque revoir. Il entoura Mireille de son bras et il alla à Irène, pendant que Paule, aussi blanche que les dentelles de sa robe, se dissimulait derrière le rideau de la fenêtre.

Qu'était devenue cette joie qu'elle devait éprouver en rendant l'enfant saine de corps et d'esprit à ses parents ?

— Je suis le père de Mireille, Mademoiselle, dit-il d'une voix tremblante; pendant six ans je l'ai crue morte, et je la retrouve, grâce à vous, rayonnante de santé ! Comment vous exprimer mon immense gratitude !...

Mlle de Montscorff attira Paule vers elle.

— Ces remerciements doivent surtout s'adresser à ma sœur, fit-elle, une fierté au front. C'est elle qui a veillé jour et nuit l'enfant malade, elle qui s'en occupe encore comme si elle était sa fille.

Le comte regarda tout ému cette jeune femme aux cheveux d'or, aux grands yeux bleus qui lui rappelait Marie; il lui prit la main, et, la réunissant à celle de Mireille, il les baisa avec un attendrissement sans bornes.

— Que ne vous dois-je pas !... balbutia-t-il.

— Je n'ai fait que mon devoir de femme envers un frêle petit être abandonné, dit Paule, se reprenant à l'extrême abattement qui s'était emparé d'elle à la vue de l'étranger.

De suite elle avait remarqué la frappante ressemblance, et son cœur s'était serré à la pensée de perdre celle dont elle se croyait à jamais la mère.

Le petit groupe s'était reformé autour de la cheminée. Mireille s'appuyait toujours sur son père, mais ses doigts n'avaient pas quitté ceux de Paule.

— J'ai été bien éprouvé depuis cette disparition inexpliquée encore, reprit M. de Pelirac d'un accent lassé. Ma mère est morte subitement devant ce Gave où elle supposait sa petite-fille ensevelie; ma femme, atteinte du cœur, n'a fait que languir depuis la terrible catastrophe, et je l'ai perdue il y a quelques jours à Majorque, où je l'avais emmenée pour essayer de la guérir.

— Vous avez, en effet, horriblement souffert, Monsieur, s'écria Mlle Irène. Ah ! si nous avions connu ces détails, avec quel empressement nous vous aurions adressé le télégramme consolateur !

— Quelle consolation pour ma pauvre Marie !

— Cette nouvelle pouvait guérir Mme de Peilrac ! dit Paule.

— Non, hélas ! Mademoiselle. La mère de Mireille souffrait d'une maladie de cœur dont rien ne devait arrêter le développement. C'est à mon arrivée en France que le sous-préfet de Bayonne m'a communiqué un journal relatant et l'abandon de ma fille et sa présence chez Mme Kerlan dont je bénis aussi l'angélique bonté. Oh ! quel voyage ! Mais quelle joie dans ma douleur en te retrouvant, ma tant chérie !...

Et de nouveau il pressa Mireille sur sa poitrine palpitante. Elle lui rendait ses baisers, les bras enroulés à son cou, et redisait tout bas :

— Père !... Oh ! père !...

Cette scène mettait des larmes dans les yeux des trois femmes qui y assistaient en silence, n'osant interrompre ces effusions.

Soudain le comte s'écria :

— Tu vas me dire les noms de ces monstres qui t'ont volée à notre amour, ma bien-aimée ! Il faut qu'ils soient punis pour tout ce qu'ils nous ont fait souffrir !

A ces mots, l'enfant quitta le comte et vint se réfugier près de Paule, une épouvante en ses yeux démesurément ouverts.

— Je suis lasse, maman ! lui dit-elle, en appuyant sa joue enflammée contre la sienne. Je voudrais regagner ma chambre.

— Viens avec moi, chérie ! lui dit Alice.

La petite fille embrassa Paule et revint vers son père, qu'elle baisa aussi avec folie en lui disant :

— A bientôt !

Puis elle sortit avec la jeune receveuse.

— Vous voyez, Monsieur, dit alors la jeune femme ; il est impossible de parler à Mireille des personnes chez qui elle se trouvait avant son abandon. Une terreur folle, qui pourrait lui être nuisible, s'empare d'elle. Que craint-elle ? Il est bien difficile de le deviner.

— Je ne saurai donc jamais où elle a passé ces années d'épreuves et de désolation pour nous ! Elle avait trois ans environ lors de son enlèvement ; elle ne s'en souvient pas.

— Non, dit Mlle Irène, à cet âge les souvenirs sont trop confus. On pourrait peut-être essayer de les lui rappeler !

— Je serai toujours retenu par cette crainte de l'affoler. En revoyant les lieux de sa naissance, peut-être éprouvera-t-elle un choc qui lui fera soulever ce voile de ténèbres.

— Vous allez me l'enlever de suite ? interrogea Paule, les yeux agrandis.

Des larmes y perlaient, et elle voulait les empêcher de couler.

Le comte la regarda, si touchante dans cette peine qu'elle ne pouvait surmonter.

— Je n'ai plus qu'elle !... dit-il presque craintivement.

— Cela est très juste, Monsieur, fit Mlle Irène, comme sera naturel le chagrin que nous éprouverons de ce départ. Elle est si mignonne, si aimante, cette enfant !

Cette fois les pleurs jaillirent des longs yeux d'azur.

Roger les vit, et sa sensibilité rendue plus grande encore par les jours d'angoisse qu'il venait de traverser en fut émue.

— Fixez vous-même une époque, Mademoiselle, dit-il, et je m'inclinerai devant votre décision ; ma reconnaissance est tellement immense !...

Et ses mains se tendaient vers elle comme pour un hommage.

Paule en fut touchée.

— Je voudrais assister à la Communion de Mireille, répondit-elle.

Puis elle ajouta timidement :

— Elle n'aura lieu qu'au mois de mai.

— Nous attendrons ces six mois, car je ne crois pas que je puisse repartir sans ma fille : ma solitude serait si grande à Peilrac ! Pourriez-vous, Mesdemoiselles, m'indiquer une maison aux environs ?

— A Cléguer, je ne le suppose pas, dit Mlle Irène, mais à Pont-Scorff peut-être. En attendant, Montscorff vous est ouvert, Monsieur.

— Je vous remercie, Mademoiselle. Il m'aurait coûté de m'en éloigner en y laissant Mireille.

— Quelques kilomètres vous en sépareront, si nous trouvons à Pont-Scorff le logis désiré.

— Yvonne pourra nous renseigner de suite, fit Paule.

— Passons dans la salle à manger, alors. Vous voudrez bien prendre une tasse de thé, Monsieur de Peilrac ?

Le comte s'inclina.

Bientôt il s'asseyait près de sa fille, à la table du *lunch*, et son bonheur eût été complet si Marie avait pu le partager.

Yvonne, consultée au sujet de cette demeure, indiqua celle qu'ils avaient dû quitter à la mort de son père ; elle se trouvait à louer avec ses remises et son grand jardin.

— Je verrai cette maison demain, et dès que la location en sera conclue, je m'entendrai avec un tapissier de Lorient pour la meubler. Seras-tu contente, Mireille, d'avoir ton papa près de toi ?

Ah ! que la voix du comte se faisait tendre pour parler à cette enfant enfin retrouvée !

— Oh ! père !... Maintenant je n'ai plus rien à souhaiter.

Et son regard allait de Paule à Roger.

Une tristesse voila les yeux de M. de Peilrac. Il ne pouvait, lui, s'unir à la pleine joie de sa fille ! Mais pouvait-il lui dire : « Ne parle pas ainsi, ta mère est morte ! » Elle ne se souvenait pas de cette Marie si belle, son jeune âge la sauvait des regrets.

Il se maîtrisa pour ne pas assombrir cette heure si douce malgré tout pour lui, qui le réunissait à Mireille dans cette salle où la plus cordiale sympathie l'accueillait.

Roger songeait aussi, en regardant le fin profil de Paule, à la peine déjà manifestée par la jeune femme, et qui serait bien grande lorsqu'il la séparerait de la fille de sa tendresse.

Les sœurs et les amies y pensaient également ; aussi la réunion se serait-elle ressentie de ce malaise sans Mireille, dont la félicité était sans bornes.

Elle babillait et riait, se penchant tendrement

tantôt vers Paule, tantôt vers son père, demandant un baiser à l'un ou à l'autre.

— Nous ferons de jolies promenades aux environs, disait-elle. Tu verras, père, comme il y a de belles prairies où coule le Scorff, et de grands bois aux arbres immenses, qui ombragent des fougères si fines !

Mais voyant que le comte ne s'unissait pas pleinement à son enthousiasme, il tomba un peu, et elle sembla heureuse lorsque Paule lui eut dit :

— Va conduire ton père dans la chambre rouge, Mireille.

— Elle sera la sienne, maman ?

— Oui.

Et la jeune femme ne put s'empêcher de rougir à ce mot si doux qu'elle aimait à recevoir. N'était-ce pas une amertume pour le comte de l'entendre prononcer par l'enfant quand la vraie mère était à peine froide dans son cercueil ?

Roger ne parut pas s'en formaliser.

Et cependant, lorsqu'il fut seul avec sa fille dans la vaste chambre aux tentures pourpres, qu'il devait occuper pendant son séjour aux Magnolias, il la fit asseoir sur ses genoux, et bien doucement il lui parla de sa grand'mère, de sa mère morte si jeune, en l'appelant, en la pleurant, et les larmes de Mireille lui prouvèrent qu'elle s'unissait à son chagrin.

Et dans le petit salon où les deux sœurs s'étaient retirées après le départ de leurs hôtes, une autre scène attristante se passait. Paule, effondrée dans un fauteuil, pleurait déjà à grands sanglots cette Mireille tant aimée, et Mlle Irène, impuissante encore à la consoler, ne pouvait qu'unir ses pleurs aux siens.

❊

Roger s'empressa de faire part à ses amis de toutes ses impressions.

Château de Montscorff, ce 23 novembre 18.....

Je l'ai retrouvée, mes chers amis!

Il est inutile, n'est-ce pas, de vous exprimer les sentiments qui remplissent mon âme, vous les comprenez, vous dont les cœurs palpitent aussi vivement que le mien sous la joie et la douleur.

J'ai revu cette petite Mireille, dont les traits enfantins n'ont pas changé pendant ces six longues années, et mes bras se sont ouverts bien grands pour la recevoir. Ah ! quels moments ! Comme il rachète les désespérances traversées !

Hélas ! ma félicité n'est cependant pas complète, puisque ma chère Marie ne peut en jouir avec moi !

Je veux vous raconter, selon mes promesses, tous les incidents de ce voyage entrepris malgré tout sous le doute cruel. Dans le wagon qui m'emportait seul et désemparé vers la Bretagne, ne m'étais-je pas imaginé que ce collier avait pu être enlevé du cou de ma fille morte pour en parer une autre ! Mais à peine en face de Mireille, mes yeux et mon cœur ont eu bientôt détrompé mon pauvre esprit troublé.

C'est à la mairie de Kerentrech que je me suis rendu tout d'abord. Le maire m'expliqua comment l'enfant trouvée ne put rester chez Mme Kerlan qui l'avait relevée mourante au pied de la croix. L'anémie terrible qui la dévorait demandait la pleine campagne pour être terrassée.

C'est alors que le Dr Conlau songea à Mlles de Montscorff qui habitent une propriété non loin de Cléguer, petit bourg des environs de Lorient. Elles voulurent bien recevoir Mireille, et c'est là que je devais la retrouver.

Mais auparavant je voulus voir Mme Kerlan qui réside à Kerentrech, je voulus lui exprimer l'extrême reconnaissance de tout mon être.

Dans une maisonnette où règnent un ordre admirable et un goût parfait, je fus reçu par une aimable jeune femme revêtue du seyant costume des campagnes lorientaises. A peine lui avais-je posé quelques questions, qu'elle s'écria :

— Vous êtes le père de Mireille !...

— Qui vous le fait supposer, Madame ? lui dis-je, un peu anxieux, car sa réponse allait peut-être dissiper les doutes qui me torturaient encore.

— L'enfant vous ressemble d'une manière frappante, Monsieur ! Vos yeux surtout, si lumineux et si sombres à la fois, sont les siens.

— Ah ! Madame ! m'écriai-je, vous ne pouvez vous figurer combien cette affirmation m'allège le cœur.

Et je lui racontai mes tourments.

Puis ses enfants entrèrent, deux mignons bébés aux jolis yeux rieurs. Je me plus à leur parler de celle qu'ils nomment encore leur sœur. Elle saura leur prouver qu'elle mérite ce titre en plaçant dans leurs menottes une dot qui les aidera à leur entrée dans la vie.

J'avais hâte de prendre la route de Montscorff. Après avoir laissé simplement parler mon cœur pour remercier Mme Kerlan de cette action généreuse qui l'avait fait adopter une petite abandonnée quand elle était déjà chargée de famille, avec une position des plus modestes, je la quittai, en lui promettant de revenir avec Mireille.

Bientôt les tourelles du château se profilèrent sur les grands arbres dépouillés du parc. Je congédiai le cocher qui m'avait conduit, et je m'avançai sous une avenue formée par de splendides magnolias, dont les longues feuilles d'un vert brillant n'ont rien à redouter de l'hiver, qui leur donne au contraire une nouvelle vigueur.

Une pelouse aux corbeilles de chrysanthèmes et de géraniums encore en pleine floraison étale son herbe fine devant le château. Au milieu, un jet d'eau y fait étinceler ses perles qu'irisait un rayon de soleil. Avec ses balcons enguirlandés de verdure, ce décor fleuri, ce bassin de marbre à l'eau jaillissante, cette demeure me rappelait en petit notre domaine de Pellrac.

Bouleversé par une émotion bien compréhensible au moment de me trouver en présence de ma fille, je montai le large perron et sonnai. Une jeune fille — la gouvernante de Mireille — vint m'ouvrir, et sur mon désir de voir Mlles de Montscorff, elle m'introduisit dans un petit salon où je trouvai ces dames avec une visiteuse.

A peine m'étais-je incliné devant elles qu'une porte s'ouvrit en face de moi : Mireille, éblouissante de beauté et de santé, y apparut.

Ah ! mes amis, comment vous décrire l'élan qui me porta vers elle ? J'oubliai tout : cette introduction dans cette pièce inconnue, ces dames que j'avais à peine saluées, à qui je n'avais rien dit du motif qui m'amenait, et, avec un cri d'ivresse, j'ouvris les bras à cette enfant tant pleurée et enfin retrouvée.

Se souvint-elle alors du père qui la faisait sauter sur ses genoux, où, petite fille aimante et tendre, elle aimait à se pelotonner ? A son nom prononcé d'une voix au timbre presque violent, elle courut à moi, et je la serrai sur ce cœur qui si longtemps avait battu d'angoisse en songeant à elle.

Cette première effusion apaisée, je me ressaisis et je pus l'expliquer.

Quelle noblesse de sentiment chez ces femmes qui m'accueillirent alors! Quelles mères aimantes et dévouées ma fille a trouvées en elles !

L'aînée, Mlle Irène, a bien une cinquantaine d'années. Elle n'a jamais dû être belle, même dans l'éclat de sa jeunesse ; mais quelle distinction en toute sa personne! On reconnaît en elle la fille d'une race vaillante et fière.

Mlle Paule est beaucoup plus jeune ; elle offre avec son aînée un parfait contraste, quant aux traits. Il est impossible d'oublier ce fin visage couronné de cheveux d'un blond doré, aux beaux yeux bleus, aussi purs, aussi jeunes que ceux d'un enfant, à la bouche fraîche qui s'ouvre sur des dents d'une éclatante blancheur.

Dans sa robe d'intérieur aux vaporeuses dentelles, avec cette taille svelte, ce teint aussi délicat qu'un lis, elle semblait un doux pastel d'autrefois s'animant soudain.

Comment ne s'est-elle pas mariée ? Je m'étonne qu'un tel charme soit demeuré enfoui dans ce petit manoir. Il doit y avoir un mystère dans cette vie si calme en apparence.

Si vous aviez pu voir ses yeux agrandis, ses lèvres frémissantes lorsque je parlai du retour de Mireille à Peilrac, vous auriez senti comme moi votre cœur se serrer en songeant aux tristesses qu'elle ressentira quand cette enfant qu'elle avait faite sienne la quittera.

Et c'est ce qui cause ma peine.

J'ai promis de lui laisser Mireille jusqu'en mai, époque où elle fera sa première Communion ; mais alors il faudra bien partir pour Bayonne. Et je me torture déjà à cette pensée.

Je pourrai essayer de rendre à Mme Kerlan le bien qu'elle a fait à ma fille, en dotant ses enfants. Mais pour elle, cette nature exquise, qui n'a pas hésité à adopter une inconnue jetée sur la route, comment le reconnaîtrai-je ? En lui enlevant cette fille de son âme !... Je ne veux plus songer à cette séparation, elle m'émeut trop profondément à l'avance.

Je vais donc passer quelques mois en Bretagne ; je résiderai sans doute à Pont-Scorff, petite ville située à quelques kilomètres du château. Mais je ferai venir de Lorient les voitures et les chevaux nécessaires pour diminuer la distance qui me séparera de ma Mireille. Elle reste à Montscorff, comme je l'ai promis à Mlle Paule.

Quant à l'enlèvement de ma chère petite à Peilrac, je ne puis encore me l'expliquer, puisque les lèvres de Mireille sont muettes à ce sujet. Plus tard peut-être ce mystère me sera-t-il dévoilé.

Minuit sonne à la pendule de ma chambre, et je vais clore cette trop longue lettre afin d'en écrire une seconde de vive gratitude à M. des Rouleaux, et goûter enfin un peu de repos : il y a tant de nuits que je n'ai dormi !

Si mon âme est toujours triste, elle n'est plus affolée ; un rayon s'est levé dans ma nuit, et je bénis cette lueur d'aurore que Dieu, dans son infinie bonté, a fait briller sur ma vie si désenchantée.

O Marie ! douce fleur trop tôt brisée, quel bonheur aurait été le nôtre maintenant !...

A bientôt d'autres détails, mes chers amis. Qui m'aurait dit, lorsque je quittai en désespéré votre île charmante, que j'allais retrouver en France une chère mienne me rattachant à la terre !

J'embrasse vos jolies mignonnes. Annoncez-leur quelle gentille compagne elles auront l'an prochain à Peilrac. Je baise les mains de Mme Falouzza, et je serre les vôtres, mon cher docteur, en vous disant à toujours !

Cte R. DE PEILRAC.

CHAPITRE II

UN PEU D'AZUR DANS UN CIEL NOIR

Quelques jours après son arrivée aux Magnolias, le comte de Peilrac était complètement installé à Pont-Scorff. Un tapissier venu de Lorient avait richement meublé cette demeure vaste et claire.

Roger, avec le goût d'un artiste, présida à cet emménagement qu'il voulait complet ; ne fallait-il pas recevoir cette petite reine retrouvée dans un logis digne d'elle ?

Mireille y avait sa chambre, qu'elle pourrait occuper quand elle dînerait chez son père, et qu'il serait trop tard pour rentrer à Montscorff en cette saison aux courtes journées. Et les meubles charmants, les tentures soyeuses, avaient été prodigués dans cette pièce que le comte s'était plu à orner lui-même de tous les petits objets qui pouvaient flatter une enfant. Les jouets n'y manquaient pas : il y avait si longtemps que le père n'en avait donné à sa fille !

Aussi lorsque Mireille y pénétra jeta-t-elle un cri de joie en courant à la belle poupée assise commodément dans un fauteuil à son usage, près d'un berceau blanc aux rideaux de guipure. Quels tendres remerciements cette gâterie valut à Roger !

L'enfant, vêtue de noir maintenant, était venue à Pont-Scorff, conduite par sa gouvernante, afin d'y passer la journée. Yvonne profitait de cette liberté pour se rendre chez sa mère, seule et attristée depuis son départ. Ce fut donc un double plaisir procuré aux orphelines par ce beau jour de décembre, aussi doux qu'un avril dans ce Morbihan privilégié.

Mireille, avec une légèreté d'oiseau, allait de pièce en pièce, admirant, s'extasiant sur toutes les jolies choses qui les paraient. Des fleurs aidaient encore à donner au logis une note coquette et personnelle.

— O père ! disait-elle, tu as su tout arranger comme une vraie femme ! Maman, qui a pourtant beaucoup de goût, n'aurait pas mieux fait.

Pour la première fois ce nom intime, qui lui rappelait la vraie mère, donné à Paule, attrista Roger.

— Tu appelles donc toujours Mlle de Montscorff ainsi ? demanda-t-il, un pli soucieux au front.

— Mais oui, puisqu'elle m'a adoptée pour sa fille ! Et figure-toi que depuis ton arrivée, elle m'a invitée plusieurs fois à lui dire tante, ainsi que je le fais pour tante Irène, parce que je t'ai retrouvé maintenant, m'a-t-elle expliqué, et qu'un père doit suffire. Je ne le trouve pas, et toi, papa ?

Un triste sourire lui répondit tout d'abord.

— En effet, ma chère petite, dit enfin le comte ; quand on a le bonheur de posséder sa mère, on est doublement aimée, par conséquent doublement heureuse.

— C'est ce que j'ai dit à maman. Aussi vais-je continuer à la nommer ainsi ; il me semble que je lui prouverais moins mon amour si je l'appelais tante, et Dieu sait si je l'aime !... Oh ! pas plus que toi ! se hâta-t-elle d'ajouter, craignant d'avoir offensé son père. Vous tenez la même place dans mon cœur. Et il est tellement grand, ce cœur, que j'y peux mettre aussi tante Irène, bonne amie Kerlan, Marie, Louis... tout ceux qui me chérissent enfin.

— Garde un peu de cette affection à ta mère et à ta grand'mère mortes, enfant ; elles t'auraient tant aimée !

Et, comme ils étaient retournés dans la chambre de la fillette, il la conduisit près de son lit où se voyaient de ravissantes miniatures représentant les comtesses de Peilrac, l'une avec les cheveux déjà poudrés par l'âge, l'autre dans sa radieuse jeunesse.

Agenouillée sur le prie-Dieu placé devant ces portraits richement encadrés, Mireille, les mains jointes, les regardait de toute son âme.

— Comme elle avait l'air bon, grand'mère, et comme maman était jolie ! dit-elle avec admiration.

— Tu ne te souviens pas d'elles, ma chérie ? Rappelle bien tes souvenirs. Elles étaient si bonnes, si tendres pour toi !... Nous habitions un grand château, avec un immense jardin, qu'une rivière traversait, ajouta-t-il en frissonnant. C'est là que tu te promenais avec ton aïeule, quand on est venu t'arracher à sa tendresse, à la nôtre...

Les yeux de l'enfant s'effarèrent en se fixant sur son père, puis elle les reporta sur les miniatures en murmurant :

— Non !... Non !... Je ne vois rien.

Le comte ne voulut pas insister, craignant de terrifier ce frêle organisme.

— Je trouve que maman Paule ressemble à mère, dit Mireille après un silence. Elle a ses yeux bleus et ses beaux cheveux d'or, et cet air si doux, si doux !...

A ces paroles très vraies, Roger comprit quelle sympathie l'attirait vers la jeune femme. Non seulement il y avait le souvenir de ses bienfaits envers Mireille, mais aussi celui de la chère disparue qu'elle lui rappelait.

Il s'attendrit en songeant à cette coïncidence étrange qui plaçait la petite fille entre les bras de celle qui avait le regard et le cœur de sa mère.

— Viens maintenant visiter le jardin, dit-il, voulant surmonter cette émotion.

Il la mena à travers les allées ombragées par des arbres toujours verts. Avec les chrysanthèmes et les dernières roses ornant encore les massifs, les chants des rouges-gorges dans les tuyas, ce jardin avait un air plutôt printanier sous ce pâle soleil de décembre.

M. de Peilrac conduisit ensuite Mireille jusqu'aux remises où de confortables voitures étaient renfermées, et aux écuries pour admirer les beaux chevaux, surtout le mignon petit poney d'Irlande qu'il lui destinait. Il était noir comme la nuit, ses grands yeux de gazelle avaient une douceur infinie.

— Qu'il est joli ! s'écriait la fillette folle de joie. Ah ! père, que je te remercie ! J'aurai tant de plaisir à monter ce charmant cheval !

— Après le déjeuner je te le procurerai, ma mignonne. Nous ferons une petite promenade dans la grande avenue, afin de t'aguerrir avant d'aller sur la route.

Et l'enfant mangea à peine tellement elle avait hâte de prendre sa première leçon. Bien assise sur sa selle fourchue, son petit pied posé dans l'étrier, elle prit les guides d'une main ferme, et se tint fièrement sur le poney qui hennissait de plaisir sous sa charge légère.

— Il me berce aussi bien que le hamac aux Magnolias ! disait-elle. Allons, *Fellow*, un petit temps de galop !

L'heureuse journée pour le père et la fille !

Lorsque, vers 4 heures, Yvonne vint la chercher pour la mener à Montscorff, elle eut un petit air attristé qui ravit le cœur de Roger.

— Déjà !... fit-elle.

— Je vais faire atteler et je te reconduirai moi-même, chérie, dit-il.

La voiture fut bientôt prête et le court trajet bien vite parcouru.

Le comte, craignant d'abuser, ne voulut pas entrer au château, malgré l'invitation de Mlle Irène ; il pria ces dames de venir le lendemain visiter son logis.

— Tu verras comme tout est joli, maman ! s'écria Mireille avec admiration.

Et devant l'insistance de l'enfant aimée à lui donner ce nom, Paule eut un tel éclair de joie dans le regard, que M. de Peilrac se jura bien de laisser sa fille la nommer toujours ainsi. N'avait-elle pas pendant ces mois douloureux rempli le devoir d'une mère envers elle !

Le lendemain Mlles de Montscorff montaient en voiture dès le déjeuner, avec Mireille qui jasait comme une petite fauvette.

— Je veux monter sur *Fellow* devant toi, maman, disait-elle ; tu verras comme je me tiens bien à cheval !

— Dis-moi mère lorsque nous serons seules, mignonne, interrompit vivement Paule, mais pas devant ton père, il pourrait s'en froisser.

— Non, non, rassure-toi ! Je lui ai parlé de cela hier, et il m'a répondu qu'on était plus heureux d'avoir un papa et une maman. Ainsi tu vois bien que je puis continuer.

La jeune femme sentit son front se couvrir d'une légère teinte rose, et pour la dissimuler, elle feignit d'indiquer un coin de paysage. La sœur aînée la regardait, et ses yeux errèrent ensuite, rêveurs, sur la petite ville qui se montrait sous ses beaux arbres.

Elles descendirent devant la maison bien modeste où s'abritait le comte de Peilrac, et Paule se sentit encore tout émue en songeant que c'était pour ne pas lui enlever sa Mireille trop hâtivement qu'il consentait à cet exil.

Elles admirèrent avec quelle entente Roger avait transformé ce simple intérieur.

Dans le grand salon, à la place d'honneur, se dressait une superbe peinture représentant un magnifique portrait de femme. C'était la comtesse Marie, en vaporeuse toilette blanche, lui découvrant légèrement le col ; à l'un de ses beaux bras, sortant d'un fouillis de dentelle, pendait son grand chapeau de jardin, et sa tête, idéalement belle, se détachait sur un fond de ramure.

— C'est mère ! dit Mireille, en voyant les yeux de Paule s'y arrêter. Ne trouves-tu pas que tes yeux et tes cheveux ressemblent aux siens, maman ?

La jeune femme, un peu confuse, ne savait que répondre, quand le comte ajouta :

— La mère de Mireille était blonde comme vous, Mademoiselle, cela explique tout.

Et l'on passa dans la salle à manger où un goûter succulent était servi.

— Vous ne vous déplaisez pas trop à Pont-Scorff, comte ? interrogea Mlle Irène.

— Puis-je me déplaire, même dans ce logis d'emprunt, quand ma fille en est à quelques kilomètres, Mademoiselle ! J'emploierai mes heures de solitude par le travail littéraire. J'ai collaboré autrefois à des revues de voyages, ou qui traitent de questions humanitaires et scientifiques, je m'en occuperai encore ; on peut faire tant de bien par la plume !

— Vous aurez raison, Monsieur ! reprit la vieille demoiselle avec conviction. On ne saurait trop contre-balancer la mauvaise littérature ; elle opère tant de ravages dans les cœurs, elle !

— Puis les environs me paraissent charmants, même en cette saison, ajouta Roger, et j'ai l'intention de les parcourir soit à pied, soit à cheval ou en voiture.

— Vous ne faites pas de bicyclette ? demanda Paule en souriant.

— Non, Mademoiselle ; ce genre de sport ne me plaît nullement. J'en dirais autant de l'automobile dont je ne me sers jamais. Tout en reconnaissant l'utilité réelle de la bicyclette surtout, qui fournit un moyen de locomotion peu coûteux et très rapide, je lui préfère, et de beaucoup, le cheval. Or, comme je puis en user à toute heure, j'en profite.

— Je partage complètement cette manière de voir, reprit vivement la jeune femme. Je dirai même plus : l'automobile m'épouvante.

— Si l'on voulait ne pas en abuser, il y aurait moins d'accidents, conclut M. de Peilrac. Pourquoi ces vitesses de 100 kilomètres à l'heure ? C'est effrayant !

— Ah ! que tu as raison, papa ! s'écria Mireille. Et les chauffeurs sont si laids avec leurs vilaines lunettes et leurs grosses peaux. Il est bien plus agréable de monter à cheval ; moi aussi je le préfère.

L'air convaincu et entendu de la fillette les amusa.

Et pour lui plaire, ils sortirent dans le jardin, afin de la voir trotter par les avenues sur son joli poney.

Le soir, en s'asseyant, solitaire, devant l'âtre de sa chambre, où brûlait un grand feu de souches, le comte n'éprouva pas cette désespérance qui le laissait anéanti, écœuré de tout. Le joli sourire de Mireille errait autour de lui dans la vaste pièce.

Aussi, en regardant la ravissante miniature posée sur la cheminée qui lui montrait sa fille à l'âge de trois ans, dans cette robe de dentelle décolletée, où se voyaient les mignonnes fossettes de ses bras, et le signe noir placé sur l'épaule qu'il avait encore baisé le matin, il murmura :

— O douce fleur que Dieu a fait éclore à l'ombre de ma douleur, sois bénie !

CHAPITRE III

DETTES SACRÉES

Une après-midi, M. de Peilrac se fit conduire aux Magnolias pour y prendre sa fille qu'il voulait mener à Kerentrech. Le temps continuait à être merveilleux pour la saison, et il en profitait pour faire quelques excursions avec cette enfant qu'il aurait été si heureux de posséder toujours. Aujourd'hui, c'était d'un devoir qu'il s'agissait.

— Je vous la ramènerai ce soir, Mademoiselle, dit-il à Paule qui accompagnait Mireille jusqu'à la voiture. Nous serons sans doute revenus pour l'heure du dîner.

— Accepterez-vous d'être notre convive, comte ? demanda Mlle Irène.

— Vous savez bien que ma réponse sera toujours affirmative, n'est-ce pas, Mademoiselle ?

— Oui, fit-elle rieuse ; un joli aimant vous attire sous notre toit.

Et elle embrassait aussi Mireille que sa sœur venait de couvrir de baisers.

Le père l'enleva à son tour, et la porta, triomphant dans la voiture.

— Au revoir !... à bientôt !... criait-elle en agitant la main aussi longtemps qu'elle put voir la gracieuse silhouette de Paule sur le perron.

— Où allons-nous aujourd'hui, papa ? dit-elle en se rasseyant commodément sur les coussins moelleux.

— Nous allons payer la dette, enfant.

Et comme Mireille ouvrait bien grandes ses belles prunelles sombres.

— N'as-tu pas été heureuse d'être secourue par Mme Kerlan ?

— Oh ! si, et je l'aimerai toujours, toujours ! Elle a été si bonne pour moi !

— Aujourd'hui que grâce à elle tu as retrouvé ton père, ne veux-tu pas lui prouver ta reconnaissance mieux que par des mots ?

— Comment ? demanda-t-elle, un peu interdite.

— En donnant à ses enfants un souvenir qui leur prouvera que tu n'oublieras jamais l'immense service rendu.

— Je le veux bien, papa !

Et son regard s'illumina.

— Eh bien ! à ton avis, que devons-nous porter à tes petits amis Marie et Louis ?

— Une grande poupée qui parle et un grand cheval à mécanique qui marche, fit-elle toute vibrante.

Roger sourit de la naïveté de la réponse.

— Tu crois que ces cadeaux seront suffisants, chérie ?

— Oui, oui, je t'assure ! Lorsque j'étais chez leur mère, ils n'avaient pas de plus grand désir. Et j'ai déjà pensé à leur offrir ces jouets, mais je n'osais le dire à maman Paule.

— Ils les auront, leurs beaux joujoux, tu les placeras près de leurs petits sabots, le soir de Noël.

— Je ferai comme le petit Jésus, dit-elle en riant d'un rire perlé.

— Oui, mais j'y ajouterai autre chose.

— Quoi ? interrogea-t-elle, curieuse.

— Tu ne t'es jamais dit que tes gentils compagnons n'étaient pas très riches, et que nous pourrions leur donner une part de notre fortune ?

Elle devint pensive.

— Non ! répondit-elle en regardant, rêveuse, s'enfuir les grands ajoncs déjà revêtus de leur parure d'or sous ce ciel clément. Marie et Louis ne sont pas malheureux ; ils ont des parents qui les aiment ; ils habitent une maison petite, mais bien jolie quand même, et dans le jardin il y a tant de fleurs !

Le comte sourit encore. Cette absence d'orgueil et de contentement de soi-même lui prouvait une nature si exquise chez sa fille !

— Mais tu fais cependant une différence entre la vie libre que l'on mène chez Miles de Montscorff et cette existence laborieuse qui est celle de M. et de Mme Kerlan. Ils travaillent sans relâche : le père au chantier, la mère au logis pour subvenir aux besoins de leurs enfants et aux leurs. Un peu d'argent qui allégerait leur tâche ne serait-il pas précieux pour eux, dis Mireille ?

Elle enroula son bras à celui de son père, et se pressant contre lui :

— Oh ! que tu as raison, papa, et que j'étais sotte de ne pas comprendre qu'il faut de l'argent pour vivre ! Dans ma vie heureuse de maintenant je l'avais oublié, ajouta-t-elle tout bas.

— C'est que tu te contenterais de peu, comme une vaillante petite que tu es.

— Alors, puisque tu es bien riche, donne-leur tout ce que tu voudras : je serai si contente de leur joie.

Et elle s'absorba dans des pensées qui ne devaient pas être très gaies, malgré le dernier mot prononcé, car ses sourcils bien arqués se fronçaient sur ses yeux soudain attristés.

Se voyait-elle dans la baraque du saltimbanque, travaillant aussi pour gagner sa pauvre petite vie ? Peut-être y pensait-elle seulement à cette heure, à ces exercices payés.

Grâce à l'immense affection de Juana, elle n'avait jamais souffert ni de la faim ni du manque de vêtements. Au contraire, les mets les plus délicats lui étaient préparés, les robes aux fines nuances, brodées par les mains adroites de celle qu'elle nommait sa mère, lui étaient aussi prodiguées. Et à part ces exhibitions publiques qui révoltaient sa fierté, et les jalousies de Marcello, elle n'avait pas été malheureuse par ailleurs.

Trop jeune pour se souvenir de son luxueux passé, elle avait accepté cette existence sans se plaindre, puisque l'amour de Juana la préservait des chocs si douloureux aux petits êtres contraints à un labeur acharné chez des maîtres cruels. Seule la maladie avait pu l'abattre et la décourager. Il faut si peu aux tout petits qu'une tendresse environne ! Ils vivent surtout de caresses à cet âge.

Le comte, de son côté, réfléchissait aux quelques paroles échappées du cœur de l'enfant et faisant allusion à son bonheur actuel. Elle avait dû être contrainte de travailler durement pendant ces années vécues loin de lui et, découragée, elle s'était sans doute enfuie de cette demeure inhospitalière.

Quelle torture pour le père ! A quels exercices avait-on forcé la frêle créature qui se pressait contre lui ? Qui le lui dirait jamais ?

Il ne voulut pas chercher à le savoir, et respecta le silence de la chérie qui la faisait plus tendre encore. Sa petite main s'était glissée dans la sienne, et tous deux étaient heureux l'un près de l'autre, sous ce ciel à l'azur pâli illuminant cette campagne embaumée par les ajoncs à la fraîche senteur.

Quelle joie pour la mère et les enfants de les voir entrer dans la petite maison du faubourg !

— Mireille a tenu à apporter un souvenir à ceux qui l'avaient nommée leur sœur, dit M. de Peilrac. Vous voudrez bien l'accepter, n'est-ce pas, chère Madame ?

— Tout ce qui fait plaisir à Mireille sera toujours bien accueilli par moi, Monsieur, répondit Louise avec un bon sourire.

Le comte sortit une enveloppe scellée à ses armes, et la tendant à sa fille :

— Donne-la à tes petits amis, dit-il.

L'enfant, joyeuse, la passa à Marie, étonnée, lui disant :

— Pour t'acheter des joujoux et toutes sortes de belles choses, en attendant les cadeaux du petit Jésus ! ajouta-t-elle, une lueur malicieuse en ses jolis yeux.

La fillette, avec toute la fierté de ses sept ans qui savaient lire, annonça :

Mireille de Peilrac, à sa sœur Marie,
à son frère Louis.

— C'est très bien, mignonne ! s'écria Roger. Tu nous montres que tu es une bonne écolière. Maintenant, serrez ce papier, Madame Kerlan, vous en ferez la surprise à votre mari.

— Merci, Monsieur. Vraiment je suis confuse d'avoir accepté ce présent avec autant de sans-gêne.

— Avez-vous hésité davantage à recueillir Mireille ? Non, n'est-ce pas ? Vous l'avez de suite nommée votre fille. Or, vous avez formé ce jour-là entre nous des liens indissolubles.

Le comte était ému en prononçant ces paroles, et la jeune femme partageait cette émotion. Elle prit l'enveloppe et la mit dans une coupe posée sur le buffet, sans insister.

— Je serais heureux de causer avec M. Kerlan, reprit le comte ; venez donc tous dimanche déjeuner à Pont-Scorff ; nous passerons ainsi la journée ensemble.

Louise le promit, et ils se séparèrent, au grand désappointement des enfants qui avaient déjà commencé une partie de cache-cache.

— Vous l'achèverez dimanche, et cette fois vous aurez plusieurs heures pour jouer ensemble, leur dit Roger.

Et sur cette assurance qui rendit les adieux moins attristés, ils partirent. A peine étaient-ils sortis de Kerentrech que le contremaître ouvrait la porte de son logis.

— Tu n'as pas rencontré la voiture de M. de Peilrac, Pierre ?

— Non, et je le regrette ; il me tarde de causer avec lui.

— Tu répètes ses propres paroles ! Il nous a invités à déjeuner dans cette intention.

— Nous irons, répondit simplement M. Kerlan. Puisque le comte est si charmant, si dénué de cette morgue méprisante qui nous semble une insulte à nous, simples ouvriers, mais hommes libres et honnêtes cependant, rien ne nous empêche d'accepter cette courtoise invitation. Nous savons bien que nous ne dînerons pas à l'office, ajouta-t-il en souriant.

Mme Kerlan, souriant aussi, prit le papier satiné et le tendit à son mari.

— Un cadeau de Mireille aux enfants, dit-elle. Sans doute un billet pour leur acheter des joujoux.

Et comme le front de son mari se rembrunissait.

— Ne me gronde pas, mon ami, ce don était

offert avec tant de cœur que je n'ai pu le refuser !

— J'aurais préféré un présent en nature, dit-il.

— Le comte veut sans doute nous le laisser choisir à notre guise, reprit la jeune femme, conciliante.

Pierre ouvrit l'enveloppe et en retira un papier qu'il lut rapidement, puis, un peu pâle et la main tremblante, il le tendit à sa femme.

— Quel grand cœur ! s'écria-t-il, tout vibrant d'admiration.

— Qu'est-ce ? fit-elle.

— Toute une fortune pour nos petits !... Un chèque de soixante mille francs.

Louise eut un cri de bonheur et d'embarras à la fois.

— Une fortune, en effet !... dit-elle. O mes chéris ! plus de soucis pour votre avenir !

Et elle embrassait ses enfants tout surpris de cette exubérance.

— Et moi qui ai accepté cette somme considérable avec si peu de cérémonie ! fit-elle. Je croyais qu'il s'agissait de cinquante francs à peine !

M. Kerlan éclata de rire en voyant son air confus.

— Ah ! je n'attendrai pas à dimanche pour aller remercier le comte, je le ferai dès demain, et avec toute mon âme ! reprit-elle tout attendrie.

— Et je t'approuve, ma chère amie ! Mais ce qui est fait n'est plus à refaire ; acceptons cette fortune qui nous tombe du ciel, comme nous avions accepté la charge de l'enfant.

— C'est encore ce que me disait le père de Mireille tout à l'heure. Décidément, vous avez les mêmes idées !

— Et le même cœur, car, comme il aimait sa femme, comme il chérit sa fille, je vous aime et je vous chéris, mes chers trésors !...

Et ce furent des exclamations joyeuses et des baisers bien tendres dans l'humble logis où venait encore de passer la baguette magique du comte.

Dans la voiture qui les ramenait à Montscorff, le père et la fille parlaient aussi de la surprise heureuse qu'allaient avoir les deux époux.

— Tu leur as mis une grosse fortune dans cette mince enveloppe, papa ? faisait Mireille un peu étonnée.

— Elle ne contient qu'un papier qui leur permettra de toucher la somme que tu leur destines, chérie, et je crois qu'ils en seront contents. Mais elle n'est pas très grosse, car ils ne l'auraient pas acceptée. Maintenant, n'en parlons plus ; c'est un secret entre nous, vois-tu, ma fillette ; tu le garderas fidèlement, dis ?

— Même près de maman ?

— Même près d'elle !

— Bien ! fit-elle simplement.

Ce nom amena un nuage sur le front de Roger et un monde de pensées y passa.

Pour marquer d'un bienfait l'endroit où Mireille avait été trouvée, les pauvres de Kerentrech avaient reçu d'abondantes aumônes, et l'église une grande croix de vermeil splendidement fouillée : n'était-ce pas le signe sacré qui avait protégé l'enfant !

Le comte avait fait porter au Dr Conlau, dont les soins intelligents et dévoués sauvèrent sa fille, une ravissante statue en marbre blanc représentant Mignon pleurant son pays. En recevant cette magnifique œuvre d'art, le bon docteur, avec un rire où perçait un certain attendrissement, s'était écrié :

— Elle m'est doublement chère, car, comme la Mignon de Gœthe, la mienne aussi a retrouvé son père et son pays !

Chez le jeune couple de Kerentrech était entrée l'aisance.

A Paule seule, Roger n'avait rien offert, et il ne le ferait jamais. C'est qu'il savait que la seule récompense de sa généreuse action aurait été cette jolie Mireille, à qui elle avait si vite ouvert et ses bras et son cœur. Et il allait la lui reprendre sans doute pour toujours. Que sa nature sensible allait souffrir de faire souffrir !

Il passa la main sur son front pensif qu'il avait découvert et qu'ombrageaient les boucles toujours noires et fournies de ses cheveux.

— Tu as mal à la tête, papa ? demanda la fillette, qui l'observait depuis un instant.

— Oui, chérie, mais le grand air en aura raison.

Et il s'abandonnait à la brise bienfaisante qui soufflait de la mer, pendant que Mireille continuait à le regarder, un peu anxieuse. Pour ne pas l'inquiéter, il remit son feutre, et, secouant sa préoccupation chagrine, il la fit jaser jusqu'à l'arrivée.

Son courrier l'attendait aux Magnolias ; le valet de chambre, ne sachant pas à quelle heure son maître rentrerait, le lui avait apporté.

Une longue lettre du Dr Falouzza, lettre remplie d'expansions joyeuses, vint arracher le comte à ses mélancoliques pensées. Il la lut dans ce petit salon si plein de charme qu'il préférait, parce que c'était là où il avait revu sa fille. Un groupe délicieux qui réunissait Inès et Carmen, les doigts unis, accompagnait la missive ; cette dédicace aimable avait été écrite au bas de la photographie par l'une d'elles :

A notre amie Mireille que nous aimons déjà !

Quand la petite fille vint rejoindre son père, il lui montra ce portrait.

— Qu'elles sont gentilles, et que je les aimerai aussi ! fit-elle. Il faudra me faire photographier, afin que je puisse me montrer à elles.

— Volontiers, ma petite ! Et l'an prochain tu auras le plaisir de les embrasser, car elles viendront en France.

— Et j'espère que nous irons ensuite leur rendre visite à Majorque, père ? Je serais bien heureuse de connaître cette île !

M. de Peilrac eut un frisson d'angoisse en songeant à cette Majorque où il avait passé des mois si doux et si douloureux à la fois, et qu'il avait juré de ne plus revoir, mais il se reprit à cette sensation en sentant les grands yeux de Mireille fixés sur les siens, attendant sa réponse. Il la regarda enfin, si jolie, si attristante dans cette robe noire aux crêpes sévères, et, lui tendant les bras, il murmura en la baisant au front :

— Peut-être !

CHAPITRE IV

UNE VISITE A UN TOMBEAU

Décembre touchait à sa fin. La fête de Noël, prélude de celles si navrantes et si belles des jours saints et de Pâques, était arrivée, et Mireille se promettait une douce joie de la messe de minuit qui devait les réunir tous à l'église de Cléguer.

Dans l'après-midi, Paule l'avait accompagnée chez Mme Kerlan, afin de porter à Marie la belle poupée parlante, à Louis le grand cheval blanc à la longue crinière, sur lequel il caracolerait dans les allées du jardin. Avant de descendre les superbes joujoux de la voiture, Mireille avait jeté un regard anxieux dans la salle.

— Sont-ils là? avait-elle demandé à Mme Kerlan qui s'avançait, heureuse de la revoir.

— Qui ?

— Les enfants !

Elle prononça ces mots avec tant de sérieux que les jeunes femmes ne purent s'empêcher de rire.

— Voyez-vous, la grande personne ! fit Louise.

Mais Mireille, tout occupée de son sujet, pria le cocher de transporter les cadeaux de Noël.

— Un par un, Guillaume, et prenez bien garde de les briser !

— Ne craignez rien, demoiselle, tout arrivera à bon port.

— Que nous portes-tu là, ma chérie ?

— Les présents du petit Jésus pour Marie et Louis, dit-elle; vous allez voir comme ils sont beaux !

Et elle s'empressait d'enlever les enveloppes qui les préservaient des chocs. Ces jouets splendides firent pousser des cris d'admiration à la femme du contremaître.

— Mais tu nous combles, ma chère petite ! Après une fortune, tu me donnes encore la joie de voir mes enfants ravis!

— Ce n'est pas moi, tu sais, bonne amie, mais bien le Jésus de Noël qui les leur apporte. Tu vas les cacher, et ce soir, quand ils seront couchés, tu les placeras près de leurs sabots. Car ils croient encore à la visite du ciel, eux.

— Et toi ?... Non !...

— On m'a détrompée, et j'en suis bien désolée : cela était si doux !

— Qui donc ? demanda Paule avec intérêt.

Mais Mireille eut un geste vague et ne répondit pas.

— Je n'aurai pas le plaisir de voir Marie et Louis aujourd'hui, reprit-elle, il ne faut pas qu'ils me voient !

Et, légère, après un baiser à Mme Kerlan, et la confidence qu'elle irait à la messe de minuit avec tout le monde, elle monta dans la voiture. Elle trouva son père aux Magnolias où il devait dîner et passer la soirée en attendant l'heure solennelle qui le verrait, chrétien fervent, agenouillé dans l'humble église, où la crèche de l'Enfant-Dieu brillerait dans l'ombre.

— Je vais vous enlever Mireille pour quelques jours, Mesdemoiselles, annonça le comte pendant le repas.

Et répondant à leurs regards interrogateurs :

— Je voudrais aller avec elle jusqu'à Peilrac, avant que les jours froids ne nous en empêchent. Puis il me tarde de faire ce voyage, ou plutôt ce pèlerinage avant la fin de ce mois. Mireille ne peut laisser se terminer cette année qui l'a rendue à son père sans aller prier près des chers morts dont elle a été tant aimée.

— Oh ! je le veux bien, papa ! fit la petite fille. Et je ferai un beau bouquet pour fleurir le tombeau de mère et de grand'mère ; tu me le permets, n'est-ce pas, maman ?

— Oui, chérie, dit Paule avec effort. Je te confectionnerai une belle gerbe des fleurs que tu préfères.

— Je cueillerai surtout celles que j'ai soignées dans la serre, elles seront ainsi plus agréables à mère.

M. de Peilrac prit la brune tête de sa fille entre ses mains, et, la rapprochant de lui, il la baisa avec amour.

— Il y a dans le même petit cimetière la tombe où repose celui qui a été le tuteur aimant et dévoué de ta mère; lui aussi te chérissait, Mireille !

— Je lui aurais rendu sa tendresse, et je lui apporterai des fleurs.

Ce retour vers des souvenirs douloureux avait assombri Roger; il dut se faire violence pour recouvrer son calme, afin de se montrer courtois à cette table où la plus grande sympathie le recevait.

L'heure de se rendre à l'église arriva. La température, sans être glacée, s'était un peu refroidie; les étoiles brillaient d'un vif éclat dans un azur profond, et un léger croissant de lune montait lentement au-dessus des grands arbres.

La confortable voiture du comte vint se ranger devant le perron. Le trajet était court du château à Cléguer, mais il était préférable de ne pas exposer Mireille à l'air vif de la nuit.

Ce n'étaient pas les puissants de ce monde qui remplissaient la petite église bretonne; à part les habitants des Magnolias et quelques personnes des environs, la cour du Roi des rois n'était formée que de simples et de petits, ceux, du reste, que les anges avaient réveillés de leurs chants d'allégresse en cette nuit mémorable qui donnait aux hommes un Sauveur. Ce ne fut qu'après l'adoration des bergers que l'étoile céleste guida les mages aux riches présents jusqu'à la crèche de Bethléem.

Que d'âmes pieuses se présentèrent à la Table Sainte pour recevoir Celui qui, s'étant abaissé jusqu'à devenir un petit enfant afin de nous mieux toucher, se fait encore plus petit dans l'Hostie pour nous donner l'immense bonheur de le posséder en notre cœur.

Après la Communion, où Paule avait demandé ardemment à Dieu de l'aider dans le suprême sacrifice qui allait s'imposer à sa tendresse, la jeune femme gagna le chœur, et, accompagnée par Alice, elle chanta de sa voix chaude et harmonieuse ce superbe *Noël* d'Adam, qui courbe notre front et l'élève ensuite jusqu'au ciel.

Le comte, la tête dans les mains, écoutait ce chant qu'il avait entendu tant de fois dans de magnifiques basiliques, mais qui, jamais comme ce soir en cette chapelle, ne l'avait autant touché. Mireille, agenouillée près de lui, semblait en extase.

Et la voix montait, montait toujours, vibrante et pure, sous les voûtes assombries, emportant avec elle vers les régions divines tous ceux qui palpitaient d'une même foi et d'une même espérance, et oubliaient, en l'y suivant, leurs peines et leurs pénibles labeurs.

En sortant de l'église, Roger, d'une voix où éclataient la plus intense émotion et l'admiration la plus vive, félicita la jeune femme, et la remercia de ce moment inoubliable.

— J'ai entendu bien des artistes, Mademoiselle, mais aucun ne m'a procuré cette jouissance presque surhumaine que j'ai goûtée ce soir.

Paule paraissait aussi vivement émue ; à peine put-elle balbutier quelques paroles. Mais Mireille se jeta à son cou en lui disant :

— Tu m'embrasses quand j'ai bien fait, maman ; à mon tour je veux te montrer à quel point tu as bien chanté en te baisant cent fois.

— Comme cette cérémonie sera très longue, dit Mlle Irène en riant, montons en voiture, tu en auras alors tout le loisir.

Et ce fut pelotonnée sur les genoux de la jeune femme que la petite fille fit la route de Cléguer au château.

Le lendemain de Noël, elle partait pour Bayonne avec son père.

Paule avait suivi longtemps des yeux la voiture qui emportait son trésor ; puis, d'un accent lassé, elle dit à sa sœur :

— Allons, je commence aujourd'hui à essayer de me passer d'elle. Il me faut oublier mon rêve !

En arrivant à Peilrac, Mireille s'écria :

— J'ai déjà vu ce château !

— Oui, ma chère petite, son ensemble est celui des Magnolias.

L'enfant secoua la tête.

— C'est au contraire en arrivant à Montscorff que je me suis imaginée avoir été autrefois, il y a bien longtemps, dans des lieux semblables.

Même sous la préoccupation du moment qui allait peut-être lui dévoiler le mystère de l'enlèvement de sa fille, le comte sourit un peu tristement cependant en entendant cette fillette de neuf ans parler d'un temps très lointain. Il ne l'interrogea pas, ne voulant rien brusquer, et ils entrèrent dans la riche demeure, reçus par les vieux serviteurs qui montraient toute leur joie de revoir enfin cette petite fille tant pleurée.

La première visite fut pour la chapelle où reposaient celles qui n'avaient pas eu, elles, cet immense bonheur. En déposant sur l'autel la gerbe choisie avec tant de soins et d'affection, Mireille pleura, Roger mêla ses larmes aux siennes, et cette fois son désespoir ne fut pas atténué par la présence de sa fille ; au contraire, ses regrets étaient plus profonds.

Que n'aurait-il donné pour voir, en ce jour béni où il ramenait l'oiseau perdu au nid paternel, pour voir sa mère et sa femme accourir à leur rencontre afin de l'y recevoir !

Et il s'abîmait dans une désespérance sans bornes.

Mais la petite main de Mireille vint encore panser la plaie de ce cœur ulcéré. Elle passa douce et caressante sur ses yeux humides, et s'enroula ensuite à son cou.

— Père, je suis là !... murmura-t-elle timidement.

Il la pressa sur sa poitrine.

— Oh ! sans toi, chérie, qui me retiendrait dans la vie !...

Ils revinrent vers Peilrac et entrèrent dans le parc. Arrivés au bord de ce gave qui roulait encore ses flots troublés par les pluies d'automne, ils s'arrêtèrent, aussi bouleversés l'un que l'autre.

Mireille étendit le bras vers les saules de la rivière, et comme si un voile se déchirait pour lui montrer le passé :

— C'est ici que l'homme est venu !... fit-elle.

— Quel homme ?... interrogea le comte, le cœur lui battant à en mourir.

— Celui qui m'a prise !... Ah ! je ne sais plus !... ajouta-t-elle, comme si un souvenir survenait soudain en elle.

Le père, tout frémissant, la fit asseoir sur le banc de granit placé sous un grand marronnier, et l'entourant de sa plus caressante étreinte :

— Ecoute-moi bien, mon aimée ! Si la crainte de voir arriver du mal aux gens qui t'ont enlevée à moi retient tes paroles, je te jure par la mémoire de ta mère que je leur pardonnerai tout ce qu'ils m'ont fait souffrir. Ainsi dis-moi tout.

L'enfant parut se recueillir, puis elle murmura :

— Je jouais près de la rivière, quand un homme parut devant moi... Il me fit peur et je voulus m'enfuir, mais il me retint par le bras et me jeta sur la tête quelque chose de blanc... et je ne me souviens plus de ce qui arriva alors.

— Ce misérable t'aura endormie à l'aide d'un stupéfiant qu'il t'a fait respirer ! s'écria le comte. Oh ! l'infâme... le bandit !...

Il regrettait en cet instant le serment qu'il venait de prononcer. Il aurait été heureux de voir cet homme puni pour ce rapt qui avait causé tant de désastres, tant de douleurs ! Mais, se maîtrisant, il interrogea de nouveau Mireille.

— Qu'arriva-t-il ensuite ? Où te réveillas-tu, ma pauvre chérie ?

— Je me revois dans une voiture, où nous couchions, où nous mangions avec Marcello, Juana et Carlo. Il y avait aussi des singes et des chiens savants qui faisaient toutes sortes de tours.

Le malheureux Roger eut un cri violent de colère et de douleur.

— Ainsi tu avais été enlevée par des saltimbanques ! s'écria-t-il. Et ils t'obligeaient sans doute à des exercices souvent périlleux pour gagner ta misérable existence ?

— Oui, répondit-elle laconiquement.

Il la prit entre ses bras.

— O pauvre petite fleur ! si choyée, si aimée, dans quel milieu abject étais-tu tombée ! Bafouée, accablée de coups !...

Mireille reprit vivement :

— L'homme était méchant, il me grondait parfois, mais il ne m'a jamais battue. Quant à Juana, que je nommais ma mère, elle m'aimait, elle, et me donnait tout ce que je désirais. Et moi aussi je l'aimais, et je l'aime encore. Si je n'ai pas parlé, c'est que j'avais peur de la voir arrêtée et mise en prison.

— Alors je n'hésite pas à lui pardonner le mal commis si elle a été bonne pour toi.

— Je croyais d'abord que j'étais sa petite fille, j'avais oublié tout ce qui s'était passé avant ; un jour, j'ai entendu Juana reprocher à Marcello de m'avoir volée. Et plus Juana m'aimait, plus le maître devenait méchant.

— Il était jaloux de cette affection, murmura M. de Peilrac. Comment t'ont-ils abandonnée ? ajouta-t-il.

— Oh ! ce ne fut pas Juana ! Je tombai du trapèze, et je me fis une blessure à la tête. Marcello, voyant que je ne pouvais plus travailler, engagea une autre petite fille, Zénia, et il m'acheta une belle poupée pour m'amuser : il était redevenu bon. C'est alors que Juana me mit au cou mon beau collier d'or. Et m'étant endormie après le déjeuner, je me réveillai chez Mme Kerlan.

— Les misérables t'auront encore procuré un sommeil factice pour mieux réussir dans leur ténébreux projet !

Et en proie à une exaspération sans borne, le comte se leva du banc et se promena à grands pas, les yeux farouches. Mireille vint encore passer son bras sous le sien.

— Il ne faut pas appeler Juana ainsi ! dit-elle d'un ton animé. Elle me chérissait comme une fille, et j'ai toujours été heureuse près d'elle.

— Oui, mais elle te laissait travailler jusqu'à en mourir !

— Bien souvent je ne faisais que paraître sur la scène, sans faire d'exercices, ce n'est que dans les derniers mois que le maître criait quand je ne le voulais pas.

— Ah ! ne parlons plus de ces choses affreuses, ma pauvre bien-aimée ! Tu as assez souffert loin de nous, loin de ton milieu, pour essayer d'oublier ces douloureuses années. Maintenant que tu m'es rendue, j'y emploierai toute mon affection, et si ton bonheur ne dépend que de moi, il sera immense, ma chérie, immense !...

Pendant les quelques jours qu'ils passèrent à Peilrac, le comte redoubla de tendresse et de gâteries pour sa fille. Il la conduisit chez leurs amis où elle fut fêtée, surtout à la sous-préfecture d'où était sorti pour elle le bonheur présent.

En passant dans une des rues de Bayonne, Mireille s'arrêta à la vitrine d'un grand joaillier.

— Que désires-tu ? lui demanda son père en souriant.

— Un souvenir de mon grand voyage pour maman et tante Irène, fit-elle.

— Entrons, répondit vivement M. de Peilrac.

Et bientôt, la fillette, avec un goût étonnant, choisissait deux délicieuses parures formées de boucles d'oreilles, d'une broche et d'une bague. L'une, ornée de perles fines d'une grande beauté, était destinée à Paule ; l'autre, enrichie de grenats, devait être offerte à Mlle Irène.

Puis, avisant deux mignonnes montres d'or, jolies à ravir avec les petits brillants et les saphirs qui les constellaient :

— Ne feraient-elles pas plaisir aux jumelles, dis, père ? Regarde, elles sont toutes pareilles !

Et le comte, souriant encore, fit enfermer les petites montres qui partirent le jour même pour Majorque, avec le portrait de l'enfant qui savait si bien reconnaître l'affection qu'on lui témoignait.

Malgré toutes les marques d'amitié qui lui furent prodiguées à Bayonne, ce fut l'âme sereine qu'elle monta dans le train à destination de la Bretagne.

CHAPITRE V

L'EXPIATION

Le printemps était venu.

Une fraîche senteur s'échappait déjà des bois où se montraient, timides encore, les pâles violettes aimées de tous, et, dans chaque arbre aux bourgeons gonflés par la sève, un nid s'encastrait entre deux branches, autour duquel voltigeait un couple affairé.

Tout parlait de joie, de paix, d'amour ; tout dénotait une vie intense en cette campagne que les jours maussades avaient faite si morne.

Et cependant, dans la chambre étrange d'une roulotte, arrêtée en plein bois, à proximité de la ville de Bonn, un homme se mourait, insensible à ce renouveau, dont le vieux cheval qui traînait le lourd véhicule broutait les jeunes pousses, une lueur de joie en ses yeux mornes.

A quelque distance de la voiture, une fillette et un jeune garçon, accroupis dans l'herbe, fêtaient aussi à leur façon le retour du soleil. L'une tressait une couronne de pâquerettes, tandis que son compagnon, tout en sifflant un air vainqueur, se taillait une flûte champêtre dans une branche de coudrier.

Trop peu de mois s'étaient écoulés depuis la kermesse de Lorient pour que l'on pût hésiter à reconnaître en eux Zénia, la jeune gymnaste, et le pitre Carlo.

Il n'en n'était pas ainsi pour Marcello et Juana. Etendu sur un lit de douleur, une pâleur livide répandue sur le visage d'un amaigrissement extraordinaire, le saltimbanque respirait avec difficulté, et des plaintes s'échappaient, sifflantes, de sa poitrine oppressée. Près de lui se tenait sa femme.

En elle aussi un changement immense s'était fait. Pâle et triste sous ses vêtements sombres, elle n'offrait plus que l'ombre de cette belle créature qui s'asseyait, droite et fière, à l'entrée de la baraque, pour distribuer les billets des représentations.

Le départ de Bianca, cette enfant qu'elle aimait de toute sa tendresse de mère jamais assouvie, de tous ses remords toujours à l'état latent dans son cœur fiévreux, ce départ l'avait anéantie. En elle, plus de ressorts, rien que des mouvements machinaux de pauvre esclave placée sous une main de fer, et qui doit marcher envers et contre toutes souffrances.

Bien des fois elle avait voulu s'enfuir de l'Allemagne où ils avaient continué à résider, afin de revenir vers cette Bretagne où toute son âme était restée ; toujours la main brutale s'était appesantie sur elle, et, forcée de demeurer, elle avait continué à tourner dans le même cercle abhorré, écœurée de tout. C'est ce qui donnait à ses grands yeux cerclés de bistre cet éclat sinistre, c'est ce qui détendait ses lèvres en deux cercles où s'imprégnait le plus profond désespoir.

L'homme qui l'avait précipitée dans cet abîme de fautes et de douleurs gisait, à son tour, terrassé par une maladie terrible qui ne lui laissait aucune minute de répit. Un soir, à la suite d'une représentation, un froid subit et mortel s'était abattu sur ses robustes épaules et l'avait contraint à gagner sa couche tout frissonnant. Le lendemain une pneumonie se déclarait, et aujourd'hui le médecin qui le soignait avait perdu tout espoir.

Oubliant tous ses griefs devant ce malade accablé que la mort guettait, Juana l'avait soigné avec un grand dévouement; mais il devait être inutile. Marcello allait bientôt rendre compte à Dieu de sa vie troublée par tant de méfaits, dont le plus affreux était le rapt cruel de cette petite Mireille.

C'était la plus grande préoccupation de la jeune femme, quand l'homme qu'elle avait aimé assez follement pour tout abandonner allait disparaître peut-être à jamais. S'il devait se présenter devant Dieu sans avoir essayé de réparer son crime ? Et cette éventualité, redoutable pour son âme pieuse, faisait frissonner Juana comme si cette heure suprême était déjà sonnée.

Aussi, en lui présentant le breuvage qui devait adoucir son mal, lui dit-elle doucement :

— Marcello, ne voudrais-tu pas voir un prêtre ?

Il se redressa brusquement, et paya ce mouvement par une violente quinte de toux. Quand elle prit fin, sa femme essuya son front moite, et, le soulevant légèrement, elle le fit boire.

— Un prêtre !... balbutia-t-il enfin. Tu me crois donc perdu ?

— Non, et nous espérons te sauver, ainsi que le docteur me le disait ce matin ; mais nous sommes tous mortels, Marcello, et ce moment arrivera pour toi comme pour moi. Il y a longtemps que tu as abandonné toutes pratiques religieuses, et je voudrais profiter de cette maladie qui te montre combien est grande la faiblesse humaine, combien nous sommes peu de chose devant la mort, je voudrais te voir revenir à Dieu, le seul grand, le seul fort. Après cette vie il y en a une autre, mon ami, elle est éternelle, et nous y serons placés selon nos mérites, et aussi selon notre repentir.

Le malade exhala une faible plainte, et de nouveau une sueur brûlante inonda son visage. Juana se pencha encore et l'étancha à l'aide d'un fin mouchoir ; puis ses lèvres s'appuyèrent sur ce front que plissaient les soucieuses pensées, et d'une voix où passa toute son angoisse :

— Aie pitié de toi-même, Marcello, et si Dieu a jugé l'heure extrême venue, ne quitte pas ce monde avec ton redoutable secret.

— L'enfant !... murmura-t-il.

— Oui, celle que nous nommions Bianca et qui s'appelle Mireille.

— Qui te l'a dit ?

— La médaille d'or qu'elle avait au cou.

Il eut un regard effaré, et ses mains se crispèrent sur le drap.

— Je t'en supplie ! recommença-t-elle avec prière, dis-moi tout ce qui concerne cette petite fille, afin que je répare, si tu ne peux le faire toi-même. Tu sais que je t'ai bien aimé ; au nom de cet amour, parle.

Le moribond sembla combattre encore avec lui-même, puis, vaincu :

— Soulève-moi un peu, Juana... je vais tout t'avouer.

Elle arrangea ses oreillers, et lorsqu'il y fut commodément appuyé, elle alla vers la fenêtre regarder ce que devenaient les enfants. La fillette tressait toujours ses fleurs ; le jeune garçon avait disparu dans le bois. Sûre de n'être pas dérangée, Juana revint s'asseoir près du lit.

— Je t'écoute, dit-elle.

Marcello ferma les yeux comme pour s'isoler et commença :

— Tu n'avais pas d'enfant, et tu en souffrais. Lors de mon voyage en France pour réclamer à Bertrand cette somme prêtée qu'il ne voulait pas nous rendre, je passai près d'une magnifique demeure située non loin de Bayonne, et je vis dans le jardin une petite fille qui jouait parmi les fleurs au bord de la rivière.

Comment la pensée de te l'apporter m'est-elle venue ? C'est sans doute parce que je t'aimais avec passion et que je te voulais complètement heureuse... Je pénétrai le lendemain dans la propriété bordée par un mur assez bas, et je guettai le petit être que je convoitais. Je m'étais muni d'un flacon de chloroforme afin de le lui faire respirer et de pouvoir l'emporter sans cris, sans péril... Car une autre pensée m'était venue, et je désirais réussir dans cette entreprise. Nous venions d'acheter la roulotte, et cette enfant si belle ne pouvait que nous être très utile pour nos représentations...

Il s'arrêta, épuisé.

Juana, palpitante, approcha encore la tasse de ses lèvres.

— Bois, fit-elle, cela te reposera.

Il put reprendre le lamentable récit.

— Par un hasard heureux pour moi, la petite fille vint toute seule jouer sur la rive ; elle s'amusait à cueillir des fleurs dont elle remplissait une petite corbeille... Je me présentai brusquement à sa vue ; elle s'effara, mais avant qu'elle eût pu jeter un cri, je lui couvris le visage d'un voile imbibé de chloroforme... L'effet fut très prompt, elle tomba inanimée sur le gazon, et je pus l'emporter sans éveiller l'attention.

— Et tu ne te dis pas alors quelle douleur allaient avoir ses parents ? s'écria Juana, ne pouvant plus contenir son indignation. Aucun sentiment de pitié ne fit vibrer ton cœur ?

— Ils étaient riches, les gens qui habitaient ce splendide château ; ils avaient sans doute d'autres enfants ; que de raisons pour se consoler !

— On n'oublie jamais, jamais, la perte d'une petite fille telle que Mireille, répondit la jeune femme d'une voix tremblante. Ah ! qu'ils doivent encore la pleurer ! Il vaut mieux savoir son enfant mort que de ne pas connaître la destinée qui lui a été faite !

— Ses parents la croient morte : avant de disparaître, j'avais suspendu son chapeau à la branche d'un arbre penché sur l'eau.

— O profanation !... Ah ! pauvre chérie ! pourquoi ai-je cru en la recevant à la fable que tu avais si bien imaginée ! J'aurais pu alors la rendre à sa famille, et je ne serais pas troublée par ces remords qui me conduiront au tombeau !...

Marcello s'était affaissé sur ses oreillers, cette longue confession l'avait brisé. L'approche de la mort l'affolait aussi ; il se sentait bien malade, et il avait peur de l'au-delà. Aussi, lorsque sa femme, se reprenant à la prostration qui l'avait jetée sur son siège, se rapprocha de lui et lui eut dit :

— Achève ton œuvre bien tardive de réparation, Marcello, nomme-moi les parents de l'enfant !

— Je ne les connais pas !... lui répondit-il.

Puis il ajouta d'une voix faible :

— Fais chercher le prêtre.

Juana eut un éclair de joie en ses yeux sombres. Elle courut à la fenêtre, et appelant Zénia qui, parée du collier et de la couronne de pâquerettes, se regardait complaisamment dans un petit miroir, elle lui dit d'aller à la ville prévenir un prêtre qu'un mourant le désirait.

— Est-ce que le maître va mourir, Madame ? s'écria la fillette, une épouvante dans le regard.

— Oui.

Zénia arracha vivement sa parure de fleurs qui la faisait si jolie, la jeta dans l'herbe, puis elle disparut en courant.

Une demi-heure plus tard, l'homme de Dieu remplaçait Juana près de la couche, et Marcello se déchargeait de tout ce qui bourrelait sa conscience depuis tant d'années.

Quelques instants après, il mourait, la main dans celle de sa femme, plein de résignation et de repentir, après avoir demandé pardon à cette compagne de sa triste existence qu'il avait torturée tout en l'aimant.

Les simples funérailles accomplies, Juana quitta le petit cimetière où elle laissait dans une terre étrangère ce Marcello, tant chéri jadis que ses yeux désolés avaient encore trouvé des larmes pour le pleurer, malgré tout. Elle revint avec Zénia et Carlo dans la roulotte qu'elle allait bientôt abandonner pour entreprendre sa tâche de réparation.

— Qu'allons-nous devenir, Madame ? demanda tristement la fillette.

— Le saltimbanque qui m'achète la roulotte et tout le matériel m'a promis de vous engager, répondit la veuve ; c'est un brave homme, qui vit en famille, vous serez heureux chez lui. Il doit venir me voir cette après-midi afin de régler notre marché, et il vous fera ses conditions.

— Nous vous regretterons, maîtresse ! gémit Carlo.

— Oh ! oui, vous êtes si bonne ! dit à son tour Zénia.

Juana les embrassa affectueusement, tout attristée aussi de s'en séparer. Elle doubla les gages qu'elle leur devait, et les présenta à leur nouveau maître.

C'était, en effet, un homme bon et probe, et la jeune femme éprouva moins de regrets en se séparant de ces enfants à qui elle s'était attachée.

— Nous ne vous oublierons pas, lui disaient-ils en la quittant, nous penserons souvent à vous !

— Ma pensée vous suivra également pendant ces voyages à travers le monde, mes chers enfants !

— Qui sait, Madame, nous nous reverrons peut-être un jour ? dit Zénia.

La veuve de Marcello secoua négativement la tête.

— Dans la maison où je me retirerai, on est mort au monde ! murmura-t-elle.

❄

Quelques jours plus tard, sous ses grands voiles de deuil, Juana arrivait à Kerentrech, et se faisait conduire à l'auberge, afin de s'enquérir adroitement de la petite abandonnée.

Après un repas léger qu'elle prit à la hâte, sans trop savoir ce que l'on plaçait devant elle, tant son inquiétude était extrême, elle jeta les yeux sur un journal qui se trouvait à proximité. Le hasard la servait. Un fait divers de ce numéro relatait l'abandon d'un enfant nouveau-né dans une ville du Midi. Elle ne put s'empêcher de pousser une exclamation qui attira l'attention de l'hôtesse, une grosse femme à l'air bon, qui portait la petite coiffe de mousseline sur des cheveux d'un gris argent.

— Encore un assassinat, Madame ?

— Non, fit Juana, c'est un pauvre petit être qui, à peine né, a été abandonné sur la rue.

— Une malheureuse mère sans doute qui, ne pouvant nourrir l'enfant, l'a jeté à la pitié des passants ; elle a encore mieux fait que de le tuer.

Un silence se fit, que la jeune veuve ne savait comment rompre pour renouer la conversation. Elle craignait tant de se trahir !

Ce fut l'hôtelière qui la reprit.

— Un fait à peu près semblable s'est passé non loin d'ici, il y a quelques mois, dit-elle.

Et, devant l'air attentif de Juana dont le cœur battait à se briser, elle continua.

— Une petite fille de huit à neuf ans fut trouvée au carrefour des Quatre-Chemins, par Mme Kerlan, la femme d'un contremaître du chantier de Caudan. On n'a jamais su par qui elle avait été abandonnée, parce qu'elle ne voulut pas parler.

— Et qu'est-elle devenue ? interrogea la pauvre femme, parvenant à dominer son immense émotion.

— Des dames nobles et riches, Mlles de Montscorff, qui habitent une propriété près de Cléguer, l'avaient adoptée, mais son père s'est retrouvé, et il va l'emmener à Bayonne quand elle aura fait sa première Communion.

— C'est heureux !

Ce fut tout ce que put balbutier Juana.

Le père de Mireille !

Elle allait se trouver en présence du père de l'enfant !

Tant qu'elle avait cru pouvoir la rendre à ses parents, elle espérait obtenir son pardon par son action même, mais maintenant ! Et c'est à peine si elle écouta l'hôtesse qui avait repris :

— Oui, une note envoyée à un journal a mis ce monsieur, un noble très riche aussi, sur la trace de sa fille, et maintenant elle va reprendre sa place auprès de lui.

Juana s'était levée ; elle n'avait plus qu'un désir : aller vers Cléguer, et essayer de voir sa Bianca tant aimée. La revoir, l'embrasser avant d'aller s'enfermer dans un monastère pour y pleurer sa vie !

Elle paya sa dépense, et sortit pour se diriger vers Lorient. C'est là qu'elle trouverait une voiture qui la conduirait au château de Montscorff sans éveiller les soupçons.

L'aubergiste la regardait disparaître et murmurait :

— Pauvre femme ! elle a l'air d'une égarée. Le chagrin sans doute ! Elle a dû perdre mari et enfant.

La digne hôtesse ne savait pas être si près de la vérité.

Bientôt Juana était sur la route de Cléguer. Arrivée au bourg, elle dit au cocher de l'attendre, puis, se faisant indiquer le château de Montscorff, elle descendit le chemin si pittoresque, bordé de toutes les fleurs charmantes que le printemps avait déjà fait éclore.

Une crainte tourmentait la triste veuve : l'apparition vengeresse du père de Mireille. Elle voulait bien revoir sa douce chérie, s'emplir les yeux de sa chère image; si elle pouvait seulement embrasser ses petites mains caressantes, elle partirait moins désespérée pour son Espagne, où elle avait résolu de terminer ses jours désolés à l'ombre d'un couvent, mais non le père, qui pourrait lui jeter le crime de Marcello à la face. Oui, il avait été épouvantable, cet attentat, mais celui qui avait eu la barbarie de le commettre était mort, et Juana ne voulait pas d'insultes sur sa mémoire.

Elle gagna une prairie parsemée de pommiers en fleurs où les merles sifflaient, où le Scorff coulait en chantant entre des rives étoilées d'iris d'or. Le ciel avait revêtu son azur de fête ; des nuées blanches, telles de vaporeuses dentelles, y passaient rapides.

Une paix bienfaisante à l'âme de la désolée tombait de toutes ces choses radieuses, et la brise embaumée qui se jouait dans les fleurs rafraîchissait son front brûlant qu'elle avait découvert du crêpe sombre.

Sur un pont de bois traversant la rivière, elle aperçut soudain deux femmes en robes claires et s'arrêta, le cœur palpitant. Les promeneuses se dirigeaient vers elle, et bientôt elle poussait un cri où il y avait de l'amour, de la douleur, de l'effroi, en reconnaissant Mireille appuyée câlinement au bras d'une jeune femme.

A cette exclamation, une autre y répondit, vibrante, et l'on y devinait aussi une affectueuse allégresse.

— Juana !...

Et, quittant Paule, l'enfant se précipita dans les bras tendus si follement vers elle.

— Ma bien-aimée !... Ma petite fille ! Je te revois, enfin !...

— O mère ! Je t'attendais toujours; je savais bien que tu serais revenue !

Juana l'éloigna d'elle pour la mieux admirer dans cette robe blanche aux velours noirs qui avait remplacé la sévère toilette de deuil, après ces quelques mois écoulés.

— Que tu es belle ! reprit-elle extasiée. Tu as recouvré ta pleine santé.

Mlle de Montscorff, à qui M. de Peilrac avait dévoilé le secret de l'enlèvement, ne voulait pas troubler d'un mot ces épanchements. Elle ne quittait pas du regard celle qu'elle continuait à appeler sa fille : si on allait la lui ravir encore !

— Et Marcello ? interrogea Mireille d'une voix craintive.

— Tu n'as plus rien à redouter de lui, ma chérie : il est mort !...

La fillette resta muette. Elle avait trop souffert sous ce maître cruel pour trouver une parole à ajouter.

— Tu vas venir au château, reprit-elle, et, maintenant que tu es libre, tu y demeureras avec nous. N'est-ce pas, maman ? ajouta-t-elle en se rapprochant de Paule, la main de Juana dans la sienne.

— Je n'en suis pas digne !... murmura la veuve. Oh ! Mademoiselle ! Soyez bénie ! s'écria-t-elle en tendant ses doigts joints vers la jeune femme, qui n'avait pas la force de lui dire une phrase d'encouragement, c'est vous qui avez réparé notre monstrueuse action...

— Oui, bien épouvantable de la part d'une femme, en effet. Comment avez-vous eu le courage d'abandonner un petit être que vous semblez aimer ?

— Ecoutez-moi avant de me blâmer ! fit Juana d'une voix sourde. Je ne connaissais pas le sinistre projet de Marcello; il nous avait tous endormis pour mieux le faire réussir ; et c'est quand ce sommeil léthargique a pris fin que j'ai deviné le drame affreux qui venait de se jouer près de moi.

— Mais vous pouviez intervenir, alors.

— C'est ce que j'ai fait. J'ai sommé mon mari, aussi mon maître, hélas ! de me rendre cette enfant, ou sinon je le dénoncerais à la justice. Puis il me fit remarquer une femme qui venait vers la croix au pied de laquelle Bianca, non, Mireille, gisait endormie encore. Je voulus savoir si elle la relèverait, je me suis rapprochée peu à peu, me cachant derrière les arbres, et j'appris par les paroles dites à la petite fille qu'elle voulait l'adopter comme sienne. Que pouvais-je offrir à Mireille ? La continuation de cette vie écœurante qui la faisait lentement mourir ? Ne valait-il pas mieux la laisser aller avec cette paysanne qui semblait douce et bonne ?

Paule prit un air moins sévère.

— Ceci prouve que vous n'avez pas participé au crime d'abandon; mais le rapt, comment l'expliquez-vous ?

Juana raconta la dernière confidence reçue au lit de mort de Marcello.

— J'ai été coupable de le croire, ajouta-t-elle ; j'avais tant de confiance en lui ! Je l'aimais. Oh ! je m'accuse, je m'accuse d'avoir consenti à accepter cette enfant, sans me préoccuper de vérifier les assertions de mon mari !

— Malheureuse ! s'écria Paule, si vous saviez quels deuils ont suivi ce vol ! La grand'mère de Mireille est morte devant ce gave où elle croyait sa petite-fille engloutie, et sa mère, après avoir langui six ans comme une désespérée, s'est éteinte à son tour d'une maladie de cœur aggravée par ces ressouvenirs.

En entendant ces paroles, la veuve jeta encore un grand cri, et s'assit brusquement sur un tronc d'arbre, avec de longs sanglots.

A cette vue, Mireille, qui, les yeux agrandis, avait assisté en silence à ces explications, Mireille s'agenouilla près de celle qui l'avait soignée et aimée comme une mère en lui disant :

— Tu ne savais pas, tu n'es pas coupable. Ne pleure pas ainsi !

Juana la releva, puis, à genoux :

— C'est moi qui dois m'humilier devant toi, ô Mireille ! C'est moi qui te demande pardon, et avec toute mon âme, de tout le mal arrivé par la faute de celui qui n'est plus ! Ah ! si je pouvais donner ma vie pour te rendre tes chères mortes !... Mais non, cela n'est pas possible. Mon Dieu, je voudrais mourir !...

Et une crise de désespoir la rejeta, la figure entre les mains, sur le vieux tronc.

— Ce que vous dites là n'est pas d'une chrétienne ! prononça Paule sévèrement. Demandez à vivre, au contraire, pour racheter votre faute par la pénitence.

— C'est mon intention, sanglota-t-elle en se relevant. Je vais partir pour l'Espagne et me retirer dans un cloître où je soignerai les pauvres déshérités de ce monde. Mais je voulais auparavant revoir Mireille, je désirais recevoir son pardon.

— Tu n'en as pas besoin, Juana, puisque c'est Marcello qui a tout fait. Console-toi et viens vers mon père !

Elle eut encore un geste de recul.

— Non ! non ! fit-elle. Trop de mal lui est arrivé par nous, je ne veux pas me trouver en sa présence. J'aurais peur de sa malédiction sur un mort !

— On respecte toujours ceux qui ne sont plus, quelles qu'aient été leurs fautes, reprit Paule d'un ton adouci. Allons, pauvre créature, vous avez assez souffert, assez aimé pour être pardonnée !

Et la noble fille lui tendit la main.

La veuve la saisit respectueusement, et la portant à ses yeux mouillés de pleurs :

— Ah ! soyez encore une fois bénie, Mademoiselle, et que Dieu vous donne tout le bonheur que vous méritez si bien ! Adieu, Mireille, ajouta-t-elle, prie quelquefois pour la pauvre Juana, elle t'a bien aimée !..

L'enfant éclata en sanglots.

— Et moi aussi je t'aime ! s'écriait-elle au milieu de ses larmes. Ne pars pas !

— C'est impossible ! Je suis indigne de vivre parmi d'honnêtes gens. Puis ma présence raviverait trop de douloureux souvenirs.

— Je vous comprends et je vous approuve, dit Mlle de Montscorff. Avez-vous de l'argent ? questionna-t-elle tout bas.

— Merci, Mademoiselle, le produit de la vente de la roulotte et une somme qui me reste encore me suffiront amplement. Adieu, dites bien au père de Mireille tous mes regrets, tous mes remords !...

— Allez, pauvre infortunée, et que Dieu vous soutienne !

Juana baisa encore Mireille, puis elle la mit dans les bras de Paule en murmurant :

— C'est elle qui sera ta mère, elle en est digne.

Et l'enfant, se sentant tendrement pressée sur ce cœur qu'elle savait tout à elle, vit partir la jeune femme, non sans regret, mais au moins sans désespoir.

Quand Juana eut disparu, Paule embrassa Mireille en lui disant :

— Tu prieras pour elle le jour de ta première Communion, afin que Dieu lui accorde la paix de l'âme.

Et, tendrement enlacées, elles reprirent le chemin du château.

CHAPITRE VI

LES RÊVERIES DE PAULE

Lorsque le comte apprit par Mlle de Montscorff la scène navrante de la prairie, il s'écria :

— Pauvre femme ! je la plains. Quelle sera sa vie avec de telles ressouvenances !

— Elle a choisi la meilleure voie pour se résigner, répondit Paule, celle de la prière et du sacrifice. Au milieu de ces douleurs morales et physiques qui l'entoureront, elle oubliera les siennes et sera encore relativement heureuse puisqu'elle pourra faire le bien.

En parlant ainsi, la jeune femme était transfigurée : une vive flamme illuminait ses grands yeux.

Roger la regardait, ému ; il regrettait doublement de lui imposer aussi le sacrifice de cette enfant franchement adoptée, alors qu'on pouvait la croire la fille d'une saltimbanque. Son regard, attristé par ces pensées, attira celui de Paule, il s'y posa à peine une seconde, et se détourna, confus.

Qu'avait-elle donc lu dans ces grands yeux sombres pailletés d'or, qui lui rappelaient si intimement ceux de Mireille ?

— J'aurais bien voulu voir cette Juana, dit Mlle Irène, rompant ainsi le silence embarrassant qui régnait dans le petit salon des Magnolias où ils étaient réunis tous trois.

La jeune femme reprit assez d'empire sur elle-même pour répondre à sa sœur :

— Ce n'est pas une femme vulgaire. Physiquement, elle a dû être fort belle, puisqu'elle conserve encore de tels restes de beauté. De plus, son éducation n'a pas été négligée ; elle s'exprime bien, en termes choisis, qui dénotent un milieu tout autre que celui du monde des baraques. Enfin, elle a beaucoup de cœur ; elle l'a prouvé en venant de Bonn en Bretagne pour aider l'enfant à retrouver sa famille. Et cette délicatesse de ne pas vouloir rester près de Mireille afin de ne pas raviver de cruels souvenirs !

— Je regrette aussi de n'avoir pas été mis en sa présence, dit M. de Peilrac. J'aurais voulu lui dire une parole de pitié avant son départ pour l'exil.

Mlle Irène lui tendit la main, et Paule eut pour lui le même regard indéfinissable.

— C'est agir en chrétien, comte ! dit la vieille demoiselle.

Il serra avec émotion les doigts si spontanément offerts.

— Je ne puis oublier qu'elle a aimé Mireille, dit-il ; sans cette affection et ces soins, quel aurait été son sort dans cette promiscuité révoltante ! Je pouvais la retrouver, mais gangrenée jusqu'au cœur. Et c'est un beau lis, à la pure blancheur, qui m'a été rendu.

Ses yeux allèrent encore, pleins de reconnaissance, de l'une à l'autre de ces femmes qui avaient achevé si noblement la tâche de Juana.

— Dès que j'ai vu Mireille, murmura Paule, j'ai été conquise, et par sa beauté si frêle, et par ce charme d'innocence qui était en elle.

— Oui, il faut reconnaître que tu as été très perspicace, ma chérie, dit Mlle Irène. Quand je te démontrais les inconvénients qui pouvaient résulter pour nous de cette adoption d'une enfant inconnue, tu me répondais bravement que tu t'en rendrais maîtresse, car tu la croyais fille d'honnêtes gens.

Cette fois, ce fut vers Paule que s'avança, presque craintivement, la main de Roger. Elle y mit la sienne et la retira vivement, une rougeur aux joues ; puis elle s'écria :

— Je vais rejoindre Mireille au jardin.

Ils la regardèrent s'enfuir presque silencieux, préoccupés peut-être des mêmes idées.

— Je ne puis penser à la séparation prochaine sans songer aussi au chagrin que ressentira Mlle Paule en quittant l'enfant, dit enfin M. de Peilrac.

Le visage de la sœur aînée se rembrunit encore.

— Oui, elle souffrira de ce départ, dit-elle simplement. Et pourtant, vous ne pouvez le remettre indéfiniment : tout vous appelle à Peilrac.

— Oh ! tout m'appelle ! répéta-t-il amèrement, je n'y retrouverai que des tombes et de navrants souvenirs.

Mireille, l'air épanoui, vint se jeter au travers de la conversation.

— Nous allons faire une promenade sur le lac avec Yvonne et Alice, et je viens te chercher, papa.

Roger réprima mal un mouvement d'ennui.

— Tu ne le veux pas ? ajouta-t-elle, un regret dans la voix.

— Mais, volontiers, fit-il.

— Allez vous promener sur l'eau, mon cher comte, dit Mlle Irène, et laissez-y tous vos papillons noirs : tant de papillons couleur d'azur y sortent des nénuphars.

Il sourit, et prenant le bras de sa fille, ils gagnèrent le bord de la rivière. Les trois jeunes femmes les attendaient, et bientôt ils montaient dans la barque blanche que le comte et Yvonne, à l'aide de leurs rames, firent glisser sur l'eau.

La soirée était splendide ! Le soleil déclinait lentement derrière les grands chênes, moirant l'eau limpide de fugitifs rayons passant au travers des branches finement feuillues.

Et dans cette barque amie, près de sa Mireille qui appuyait sa tête brune sur ses genoux, entre ces jeunes filles spirituelles, dont émanait un charme aussi grand que celui de l'onde frissonnante, des fleurs, de la verdure naissante, M. de Peilrac vit, en effet, s'enfuir toutes ses pensées sombres.

Il avait tant souffert qu'il sentait le besoin d'une existence toute de calme et de douces jouissances. Et l'âme ainsi détendue depuis quelques mois dans ce milieu apaisant, il redevenait l'élégant gentilhomme de jadis, avec son fier maintien et ses yeux de velours où passaient des lueurs d'or.

Soudain Mireille releva sa tête câline et s'écria :

— C'est le moment de chanter à père ce duo de Mendelssohn ! On me l'avait toujours promis depuis la fête de tante Irène !

— Quelle mémoire ! fit Yvonne en riant.

— Mais il nous manquera un accompagnement de guitare, plaisanta Alice.

— Écoutez la brise dans les branches des peupliers, dit Paule. Croyez-vous qu'elle n'y suppléera pas ?

— Puisque tout est complet, je vous écoute, Mesdemoiselles, dit Roger.

Sans se faire prier davantage, Paule et Alice redirent ce duo qui avait eu le don de plaire à l'enfant.

Il avait bien le cadre qui lui convenait sur ce lac reflétant l'azur du ciel, sous l'ombre charmeuse et embaumée de ses rives.

Et les voix s'élevaient toujours plus fraîches et plus suaves, impressionnant autant les chanteuses que ceux qui les écoutaient. Harmonie des êtres, harmonie des choses, accord sublime qu'aucune dissonance ne venait troubler. Cette réunion d'âmes poétiques était en parfaite communion avec le beau, dans ce décor féerique du printemps, le grand enchanteur.

Les dernières notes s'étaient envolées vers le parc, y réveillant le vieil écho, que le comte écoutait encore, son front pensif levé vers la nue.

— N'est-ce pas qu'il est joli, ce chant, papa ? fit Mireille avec admiration.

— C'est trop court ! A peine a-t-on le temps d'en goûter toute la délicatesse. Et tout concorde à faire une œuvre de ce duo : la grandeur de la musique du maître, la douceur rythmée des vers, enfin la perfection des voix qui savent si bien rendre cette exquise mélodie.

— Monsieur le comte, vous êtes un flatteur ! s'écria Alice en le menaçant du doigt.

Paule, le regard perdu vers les profondeurs du parc, ne répondit même pas par un sourire. Et la barque s'étant rapprochée du bord, elle dit à Yvonne de l'y faire atterrir, songeant soudain au thé qui les attendait.

— Déjà ! protesta Mireille. Il fait si beau sur le lac à cette heure, maman !

— Oui, chérie, mais tante Irène doit s'ennuyer toute seule.

Ils regagnèrent le château, tout en discutant sur les maîtres préférés. Et pour la première fois depuis son arrivée en Bretagne, Roger voulut bien leur jouer, avec une perfection remarquable, une sonate de Chopin, son compositeur favori.

Le soir, Paule s'attarda au balcon de sa chambre, rafraîchissant son front brûlant à la brise nocturne, qui lui apportait, avec le parfum des fleurs, le chant harmonieux du rossignol.

Sa *fille* dormait, paisible, sous ses draperies d'azur, elle pouvait donc rêver en paix sous le ciel splendide où s'étaient allumées des étoiles sans nombre. Mais sa rêverie n'était pas douce, à en juger par les grands yeux désolés qui s'élevaient vers la nue étincelante.

La jeune femme était forcée de le reconnaître ; aujourd'hui qu'elle avait mieux lu dans son cœur, ce n'était pas seulement Mireille qu'elle regretterait au départ, mais aussi son père. Oui, son âme fermée à l'amour depuis la mort du Dr Kerneste s'était ouverte à ce sentiment si puissant, si envahisseur. Elle pouvait se l'avouer en cet instant de solitude, où elle ne craignait pas de montrer la rougeur de son visage : elle aimait le comte.

C'était la pitié qui l'avait d'abord attirée vers lui.

Elle l'avait vu pâle et triste dans ses vêtements de deuil, ayant parfois un pli si désespéré au front, que la présence de Mireille ne parvenait même pas à effacer. Enfin, il avait les mêmes idées nobles et fières, et surtout la même foi ardente.

Tout s'était réuni pour emplir peu à peu le cœur de Paule d'une affection immense qu'elle allait être forcée d'arracher de nouveau, mais au prix de quelles souffrances !

C'était pendant cette nuit de Noël, alors que Roger priait à ses côtés, qu'elle avait senti un profond attendrissement la gagner. Heureuse, s'était-elle dit, la femme qui avait un pareil époux ! Et elle avait gémi sur la mort de Marie, sans savoir qu'elle pleurait sur elle-même et sur ses regrets.

Oui, sans vouloir se le dire alors, elle aurait désiré s'appuyer sur ce bras fort et caressant pour le voyage de la vie, puisqu'ils suivaient tous deux la même voie faite de charité et d'amour.

Ah ! pauvre d'elle ! Jamais, jamais ce rêve ne se réaliserait. Il avait trop aimé sa femme, son souvenir était encore trop vivace en lui pour s'effacer jamais.

Et pourtant elle avait bien oublié, elle, ce premier amour qui lui semblait si puissant ! Oui, mais son rêve ne s'était jamais réalisé. Puis cette absence de croyances avait élevé entre elle et le docteur une barrière de glace qui n'existait pas entre le comte et la comtesse, puisqu'une foi immuable les agenouillait au même autel.

Elle devait donc tout tenter pour éteindre à jamais cette flamme qui lui montait du cœur au visage, et pouvait la dénoncer. Oh ! savoir cet amour connu de celui qui l'avait fait naître ! Lui inspirer peut-être de la compassion ! Non, non, les plus grandes souffrances plutôt que cette humiliation.

Et une rougeur ardente lui couvrait les joues, tandis que de grosses larmes filtraient entre ses doigts, dont elle s'était voilé la face, comme si un témoin invisible pouvait la surprendre.

— Ayez pitié de moi, mon Dieu ! murmurait-elle. Faites que nul ne découvre jamais cette tendresse infinie. Que je sois seule à souffrir, seule à regretter. S'il la devinait, peut-être s'y sacrifierait-il, lui, si bon ! Et je ne veux rien devoir à sa pitié.

Mais elle se demandait avec épouvante comment vivre ce mois qui la séparait de la Communion de Mireille et de son départ ! Comment le voir à toute heure, lui parler sans se trahir ! N'avait-il pas déjà remarqué son émotion lorsqu'il lui avait tendu la main ?

Et cet instant de la séparation qu'elle redoutait quand elle ignorait ses propres sentiments, elle aurait voulu l'avancer afin d'échapper aux tortures prévues.

Souffrir, soit, mais en silence, dans la solitude de ces ombrages familiers qui cacheraient si bien ses larmes.

Et pendant une partie de la nuit elle pleura à son balcon, dans une sombre désespérance.

Quand cette faiblesse qui la jetait, brisée de corps et d'âme, à cette place où si souvent elle avait rêvé d'un avenir heureux, comme tout cœur jeune et confiant, lorsque cette faiblesse se fut soulagée par les pleurs, la chrétienne se releva, vaillante pour la lutte contre elle-même. Ses mains se joignirent, et ses beaux yeux meurtris s'élevant vers le ciel, où les étoiles pâlissaient déjà sous les teintes rosées de l'aube, elle pria.

Cet appel à Dieu calma son anxiété. Elle s'était confiée à son Père céleste, et, forte de cet appui divin, elle se trouva prête à tout tenter pour sortir triomphante de l'épreuve.

Le rossignol s'était tu ; c'était l'alouette qui, à cette heure, sortait des chaumes et montait vers le ciel en chantant sa prière matinale.

Apaisée, Paule gagna sa couche, où le sommeil bienfaisant vint l'enlever pour quelque temps à ses souffrances morales.

Elle s'éveilla tard, et constata que Mireille s'était déjà promenée dans la rosée, puisqu'elle trouva sur sa table un bouquet d'églantines constellées des perles de l'aurore.

— O chérie ! murmura-t-elle en baisant tendrement les fraîches fleurs apportées par sa main amie, ô chérie ! toi, l'enfant de mon âme, et que je devrai bientôt quitter à jamais !

Quand elle se rendit dans la salle à manger, elle y trouva la fillette avec sa sœur et la gouvernante.

— Tu as fait la paresseuse, maman ! s'écria-t-elle.

— Oui, et j'ai trouvé ta gerbe matinale qui me l'a reproché.

— Oh ! je ne l'ai pas placée là à cette intention, crois-le, mère.

Et la mignonne l'embrassa avec une effusion qui amena encore des larmes dans les yeux de la jeune femme.

— Tu n'es pas souffrante, Paule ? questionna Mlle Irène, une inquiétude dans le regard.

— Nullement ! Un léger mal de tête, provoqué par une veille un peu prolongée au balcon, m'a retenue au lit, mais il sera bientôt passé.

La sœur aînée fut-elle bien convaincue ? Son visage soucieux ne le prouvait pas. Elle sentait qu'une douleur allait encore entrer dans cette vie qu'elle aurait voulue si heureuse, douleur que Paule voudrait lui cacher, et qui la déchirerait davantage.

— Si tu veux aller vers ton père, mon enfant, reprit la jeune femme, fais atteler, Yvonne t'accompagnera.

— Tu ne te joindras pas à nous, maman ?

— Non ; je profiterai de ma solitude pour répondre à quelques lettres.

Mireille partie pour Pont-Scorff, Paule s'installa dans la bibliothèque afin de faire sa correspondance en tout repos.

Sa correspondance terminée, la jeune femme ne se rendit pas dans le petit salon où travaillait sa sœur ; trop de pensées attristantes l'absorbaient. Elle voulut y échapper par une promenade à travers le bois. Le calme de la campagne lui avait toujours été très salutaire en ces occasions de mortels soucis.

Et cette fois encore l'apaisement se fit dans son âme sous ces frondaisons printanières où chantaient les oiseaux, où bourdonnaient dans les fleurs tous ces infiniment petits qu'un rayon fait éclore.

Au retour, elle s'arrêta sur l'emplacement de leur ancienne demeure, où la nature avait repris tous ses droits. Des arbres avaient même poussé là où jadis étaient les vastes salles de fêtes et de réceptions, qui réunissaient les plus grands noms de la Bretagne. Le Scorff se divisait en deux branches et enserrait le vaste espace d'une ceinture d'argent ou d'azur, selon l'état du ciel.

Un petit pont jeté sur la rivière remplaçait le pont-levis d'autrefois. Paule le passa, et, s'asseyant sur un pan de mur que le lierre avait revêtu, elle reprit malgré tout sa mélancolique rêverie.

Sa sœur aussi avait souvent rêvé en se promenant dans ces lieux qui lui rappelaient les chers disparus, dont elle relisait souvent l'histoire écrite par son aïeul. Elle aurait désiré relever les sept tours à créneaux du beau château familial, afin de les voir se mirer dans le Scorff, comme une estampe les représentait en ce manuscrit qui avait la place d'honneur dans la bibliothèque.

Il lui aurait été doux de terminer ses jours là où ses ancêtres avaient aimé, avaient souffert.

— Mais ce rêve-là se terminera comme les miens, se disait Paule, qui y pensait à cette heure, il sera dit que les dernières des Montscorff mourront sans avoir pu réaliser un seul de leurs souhaits.

Et un sourire navré errait sur sa bouche qu'un pli douloureux marquait parfois, ce pli que l'on rencontre chez ceux qui ont eu beaucoup de peines morales.

La fleur des saines tendresses s'entr'ouvrait pour la seconde fois dans son cœur et elle ne pouvait lui laisser encore sa pleine éclosion ; elle devait même l'arracher avant qu'elle eût pris de trop profondes racines. Et cette fois, elle le sentait, il lui serait plus difficile d'oublier.

L'amour qu'elle avait pour le comte était augmenté de l'affection profonde vouée à Mireille ; l'une avait entraîné l'autre. Et une désolation sans borne s'emparait encore de tout son être à la pensée du départ qui la priverait de ces deux tendresses.

La salutaire influence de cette promenade en pleine forêt s'atténuait peu à peu sous la songerie amère. Et Paule se serait volontiers écriée avec le grand poète dont les admirables vers avaient aussi ses préférences :

Mon cœur lassé de tout, même de l'espérance !...

La pensée de sa sœur la fit se relever de cet accablement qui l'avait jetée sur le mur en ruines.

— Allons, se dit-elle, je ne dois pas m'attendrir sur moi-même, si je veux réagir contre mon pauvre cœur. Irène s'apercevrait de mes nouveaux tourments, elle s'en désolerait sans s'en consoler : à quoi bon !

Je ne ferai plus de vœux, puisque je n'ai pas l'espoir de les voir se réaliser.

Elle se promit de reprendre ses longues courses à cheval qui l'empêcheraient de penser et lui donneraient le sommeil : la perspective de ces nuits d'insomnie qu'elle avait déjà traversées l'affolait.

Et l'esprit plus calme elle regagna le manoir.

CHAPITRE VII

ENTRE LA MORTE ET LA VIVANTE

Le comte de Peilrac était aussi en proie à ces pensées qui torturaient Mlle de Montscorff. Il n'avait pu vivre pendant des mois à ses côtés sans être enveloppé de son charme, surtout ayant au cœur cette reconnaissance immense qu'il ne pouvait reconnaître ; au contraire, puisqu'il allait la payer en lui enlevant Mireille, l'adoptée de son âme.

Et ce sentiment nouveau qui peu à peu s'emparait de lui, l'angoissait autant qu'il le faisait heureux.

Quoi ! l'image de cette Marie si tendrement chérie était déjà remplacée par une autre ! Après avoir pensé mourir de désespoir en la voyant retomber sur son lit pâle et froide à jamais, il pouvait songer à une seconde femme !

Il faisait plus que d'y songer, il l'aimait, il le sentait à tout l'enivrement de son être quand il pouvait la voir, lui parler ; quand il se rappelait les caresses de sa voix et de son sourire, les tendresses de ses grands yeux d'azur.

Ah ! Paule n'avait pas à craindre la pitié de Roger ; c'était bien de l'amour qu'il ressentait pour elle !

Et son trouble s'était encore augmenté en le supposant partagé par la jeune comtesse. Ces rougeurs qui envahissaient parfois ses joues, le tremblement de ses doigts quand il lui tendait les siens, cette fuite lorsqu'elle sentait qu'elle allait se laisser deviner, autant d'indices qui montraient à Roger que leurs sentiments étaient les mêmes.

Tout attirait la jeune femme vers lui, tout l'attirait vers elle ; et Mireille était le doux trait d'union qui les reliait l'un à l'autre.

Lorsque le comte songeait à cette réciprocité dans la solitude de sa demeure, un flux de sang jeune et ardent lui montait au cœur, mais il s'y glaçait et le laissait désespéré.

Une diaphane silhouette semblait glisser alors vers lui ; elle se précisait, ses yeux clairs avaient un reproche, et sa bouche blêmie murmurait :

— Déjà !...

Et le malheureux Roger, l'âme désemparée, se cachait la tête entre les mains, et de nouveau de cruels déchirements le faisaient horriblement souffrir.

Et cependant, dans son infinie compassion pour l'époux tant aimé qu'elle allait laisser si seul, Marie ne lui avait-elle pas fait promettre de se remarier ! Il croyait encore entendre ses paroles : « Ne reste pas dans l'isolement ; choisis une compagne douce et tendre qui me remplace. »

Oui, c'est ainsi qu'elle avait parlé ; mais elle ignorait alors qu'il retrouverait sa fille. Avait-il besoin de contracter une seconde union puisque Mireille lui avait été rendue !

Puis une pensée plus angoissante encore bouleversait son cerveau en feu : si Paule, cette dévouée, devait doublement souffrir, et par le père, et par la fille ? Si ce doute devenait une certitude, si elle l'aimait, enfin ? Il ne serait apparu dans sa vie à elle qui avait ensoleillé la sienne que pour y apporter le trouble et peut-être le chagrin poignant ?

Oh ! quelles heures navrantes pour le comte dans cette maison solitaire, où il n'avait pas un cœur ami à qui demander un appui !

Aussi recherchait-il plus vivement la société de sa fille. Il n'avait pas besoin de la désirer. Chaque jour maintenant la ramenait vers lui comme si Paule eût voulu déjà s'habituer à cette absence.

Et Mireille, fort perspicace, s'en apercevait avec une certaine mélancolie. Elle ne put s'empêcher d'en parler à son père.

— Je ne sais ce que pense maman, lui dit-elle pendant le déjeuner qui les réunissait, mais elle semble m'aimer moins qu'autrefois.

— Que vas-tu t'imaginer, ma chère petite ! fit Roger, une anxiété dans la voix.

— Je t'assure qu'elle se plaît moins avec moi. A part mes leçons du matin qu'elle suit toujours, elle ne veut jamais m'accompagner à Pont-Scorff. Si je désire me promener avec elle, elle prétexte des courses trop longues, des visites chez des malades où elle craindrait de m'emmener. Elle monte souvent à cheval, et jamais elle ne m'a invitée à la suivre sur mon petit poney, où je me tiens bien pourtant.

— Tu ne le lui as peut-être pas demandé ?

— Oh ! bien des fois ! Elle me dit que mon cheval n'étant pas aux Magnolias, cela n'est pas possible. Quand je suis ici, il serait très facile à maman de venir m'y retrouver à cheval : qu'en dis-tu, père ?

Le comte releva son front abattu, et regardant le joli visage indécis :

— Je dis que Mlle de Montscorff te chérit toujours autant, mais qu'elle ne veut pas sans doute se placer entre nous, c'est pourquoi elle évite de nous visiter. Puis, ma chère mignonne, dans un mois environ tu devras la quitter... Oh ! pour quelque temps ! se hâta-t-il d'ajouter en voyant passer une lueur d'effroi dans les yeux de l'enfant. Il faudra pourtant que tu t'habitues à ne plus la voir tous les jours, et c'est pour arriver à ce résultat que Mlle Paule agit ainsi.

Cette fois, les grands yeux sombres se remplirent de larmes. Pour ne pas contrister son père, Mireille ne les laissa pas couler, mais il était pénible de voir cette petite physionomie contractée par les efforts tentés pour refouler les pleurs.

— Ne pourrions-nous demeurer toujours à Pont-Scorff ? interrogea-t-elle enfin, lorsque son émoi fut calmé.

— Cela est impossible ! D'abord tu ne dois pas continuer à habiter les Magnolias, il ne faut pas abuser de la bonté de ces dames; ensuite ce campement de Pont-Scorff ne peut nous convenir. Il nous faudra reprendre une vie commune dans notre propriété de Peilrac.

— C'est si loin de la Bretagne ! gémit la petite fille.

— Tous les ans tu reviendras vers cette Bretagne qui te tient tant au cœur ! Je te laisserai passer toutes tes vacances chez Mlles de Montscorff, si elles le désirent.

L'enfant secoua ses boucles brunes, et d'un accent brisé qui prouvait combien elle avait déjà souffert par le cœur :

— J'aurais voulu ne pas les connaître ! Il me sera si triste, si triste de les quitter !...

Et malgré toute sa vaillance, les pleurs jaillirent, perles amères de son amer chagrin.

Avec bien des baisers et des espoirs, le comte parvint à la consoler.

Comme dérivatif, il fit atteler, et l'envoya avec Yvonne terminer cette journée de jeudi chez Mme Kerlan. La perspective de revoir ses petits amis Marie et Louis chassa les dernières brumes de son jeune front.

Resté seul, M. de Peilrac réfléchit à cette conversation. Oui, il était visible que Paule ne voulait plus se trouver en face de lui. Elle accompagnait très rarement Mireille à Pont-Scorff, et moins fréquemment aussi, le comte était invité à dîner au château. Elle essayait sans doute ainsi d'échapper à une influence qu'elle redoutait, dont elle souffrait peut-être !

Il l'avait souvent aperçue sur son cheval qu'elle paraissait mener d'une main nerveuse, tant l'animal filait sur les routes. N'était-ce pas parce que son chagrin galopait avec elle ?

Un jour, il avait failli la croiser, alors qu'il montait aussi son bel alezan. L'avait-elle vu ? Toujours est-il qu'elle prit, sans avoir eu l'air de le remarquer, une route s'ouvrant soudain à sa droite. Et demeuré seul dans la vallée, il l'avait revue sur la hauteur regardant du côté de Pont-Scorff.

Quelle était fine et élégante sur ce cheval qui semblait heureux de la porter ! Son amazone d'un bleu sombre moulait sa taille souple, au buste admirable, et son petit chapeau de feutre à l'aile blanche se posait très joliment sur la masse de ses cheveux.

Sans avoir la crainte d'être surpris dans cette amoureuse admiration, Roger s'y livrait tout entier. Il y avait tant de jours qu'il ne s'était enivré de sa beauté.

Et le soir, il avait rapporté assez de bonheur de cette apparition pour passer sa veillée solitaire sans les tristesses qui parfois l'assaillaient.

Mais dans quelques semaines, la séparation s'imposait, et il en éprouvait une telle douleur au cœur, qu'il se demandait, ainsi que Mireille, comment il pourrait vivre si loin d'elle.

Alors, dans une espèce de folie, il se mit devant le grand tableau du salon qui lui montrait Marie si belle, si pleine de vie qu'elle semblait lui sourire encore, et il s'écria :

— O Marie ! toi que j'ai tant aimée, toi que j'aime encore d'un amour tout immatériel, viens à mon aide ! Conseille-moi, ô mon bon ange ! Ne m'abandonne pas dans cette angoisse qui me dévore : que dois-je faire ?

Et le portrait s'anima vraiment pour les yeux troublés qui le contemplaient ardemment. Le sourire s'accentua et Roger crut y lire :

— Aime-la, elle est digne de toi ! Donne à Mireille comme seconde mère celle qui l'a adoptée quand elle était une pauvre petite inconnue. Notre enfant t'a retrouvé, mais elle est bien jeune pour se passer de mère. Ne sépare donc pas ce que la Providence a uni.

Et, transfiguré, le comte se redressa, bien décidé à ne pas souffrir davantage en faisant souffrir sa fille.

Plus de combat contre son propre cœur : la chère morte avait parlé, il lui obéirait. Oui, Mireille était encore bien enfant pour se passer des soins et des caresses d'une femme. Or, quelle mère plus douce, plus aimante, plus distinguée pouvait-il lui donner ?

Il aimait Paule de toute son âme d'isolé ; elle paraissait lui rendre cet amour ; ensemble ils l'étendraient sur le petit être qui les avait réunis, et n'auraient qu'un seul but, son bonheur.

Du reste, s'il le voulait complet, ce bonheur, Roger ne pouvait séparer sa fille de Mlle de Montscorff. Même entre ses bras, le départ serait trop pénible pour elle, s'il lui fallait laisser celle qui avait si bien su prendre son cœur d'enfant.

Il attendrait donc la Communion de Mireille, dont deux semaines à peine le séparait, avant de se déclarer, et ensuite, si Paule l'acceptait, comme il en avait le doux espoir, il retrouverait encore le calme et la sérénité.

*

Le mois de mai était dans toute sa splendeur. Des bouquets d'aubépines neigeuses, comme un hommage à la Vierge bénie honorée chaque soir, s'élevaient sur tous les chemins, au bord des sources, au pied des croix ; des ombellifères, des marguerites, si sveltes et si blanches, constellaient les herbes fines des prairies, et la brise y passait folle et tiède, pour s'envoler en chantant jusqu'à la cime des grands arbres.

L'encens des fleurs ne montait pas seul vers le ciel splendidement drapé d'azur, comme si la Reine des reines y avait étendu son manteau ; la cantilène des alouettes, le gazouillis des hirondelles, le sifflet des merles et des bouvreuils, la chanson harmonieuse des rouges-gorges s'y mêlaient, triomphal hosanna.

Et bientôt, à travers cette nature en fête, les blanches théories des fillettes, celles plus sombres des garçonnets prendraient le chemin de l'église qui, parée et illuminée, les attendait pour le banquet mystique.

Le moment heureux entre tous était arrivé.

Depuis deux jours, Mlles de Montscorff, aidées par Alice, Yvonne et quelques jeunes filles, s'étaient ingéniées pour orner le temple de verdures et de fleurs. Les plantes les plus rares et les plus parfumées ornaient l'autel ; les guirlandes de buis se suspendaient en festons le long des murs, retenant des cartouches et des oriflammes où les saintes initiales s'entrelaçaient ; de tous les angles s'élevaient des palmiers, des aralias, des dracœnas, des araucacias d'une splendeur qui indiquait les soins dont ils étaient entourés dans les serres du château. Et la Vierge rayonnait aussi, toute blanche, sur son trône de fleurs.

Mireille, ainsi qu'un petit papillon capricieux, allait d'un groupe à l'autre, tendant les épingles, les fleurs et les lianes, joyeuse de s'employer à faire bien belle la chapelle où elle allait avoir le bonheur de recevoir son Dieu. Et lorsque tout fut terminé elle s'écria, ravie :

— Pas une église ne sera aussi splendide que la nôtre, pas une !

— Tu exagères un peu, petite fille, lui répondit Paule en souriant. Nous n'avons pu, hélas ! donner à notre modeste église les ornements qui lui manquent.

— Mais nous l'avons, au contraire, parée de tout ce qu'il y a de beau au monde, les fleurs. Les œuvres des hommes pourront-elles jamais rivaliser avec celles de Dieu !

L'air grave de l'enfant, la profondeur de ses paroles les surprirent tous.

L'abbé Doltau, qui était toujours le pasteur aimé et respecté de Cléguer, murmura en regardant Mireille, qui, les yeux toujours extasiés, continuait à admirer du parvis à la voûte.

— Elle a raison ! Les plus grandes merveilles des maîtres ne vaudront pas le moindre brin d'herbe où la rosée scintille.

Et, frappant paternellement sur la joue rosée de sa petite élève en catéchisme :

— Vous êtes bien digne de vous approcher de Dieu, Mireille, vous qui comprenez si bien la grandeur de son œuvre.

Et le lendemain, quand Mireille de Peilrac entra dans l'église entourée de son père et de leurs amis, elle avait vraiment l'air d'une petite sainte dans sa toilette diaphane, au long voile retenant une couronne de roses immaculées.

Le rayonnement de ses grands yeux noirs l'illuminait ; elle ne semblait plus appartenir à la terre ; seul, l'éblouissement du mystère sublime qui se préparait l'enveloppait toute.

Lorsqu'elle s'avança vers l'autel aux sons de l'orgue qui exaltait ce bonheur immense dans un splendide cantique, chant d'amour et d'humilité vers un Dieu qui veut bien s'abaisser jusqu'à nous, de douces larmes qu'elle ne pouvait retenir roulaient comme des perles de reconnaissance de ses yeux étincelants.

Et la voix de Paule s'élevait encore, célébrant la bonté et la grandeur du Seigneur :

> Le ciel a visité la terre !
> Mon bien-aimé repose en moi.
> Du saint amour c'est le mystère ;
> O mon âme ! adore et tais-toi !

Dans l'âme endolorie de la chanteuse descendait peu à peu la paix, la divine paix que Dieu accorde à ceux qui ne l'ont jamais oublié. Déjà la religion l'avait consolée ; cette fois encore où la souffrance allait être son lot, elle aurait toujours pour guides les trois vertus symboliques : la foi, la charité et la céleste espérance.

Le comte, tout entier sous l'exquise sensation du bonheur de sa fille, s'absorbait dans des pensées au-dessus de la terre en attendant de se joindre à elle dans la Communion. Sa mère n'était plus là pour l'y accompagner, c'était à lui, le père, que revenait ce pieux devoir. Et sa belle tête brune humblement inclinée devant la Majesté suprême, il se mêla à la foule qui suivait les enfants à la Table Sainte.

Mlles de Montscorff, Mme Kerlan, Alice et Yvonne avaient aussi voulu s'unir à la chère aimée en ce grand acte qui commence vraiment la vie.

Les cérémonies achevées, la petite fille les rejoignit, le front radieux, ayant pour tous des caresses et des paroles tendres. Mais c'était vers son père et Paule que tout son cœur aimant se portait ; elle se suspendait à leurs bras, les réunissant parfois dans la douceur expansive de ses étreintes.

Et la jeune femme n'en semblait nullement embarrassée ; elle planait encore en esprit dans les sphères radieuses où son âme de croyante avait trouvé la consolation. Aussi souriait-elle, pleinement joyeuse, puisque Mireille l'était.

Le soir les réunit au château des Magnolias où avait lieu le dîner de fête que chaque famille riche ou pauvre désire, afin d'entourer l'enfant de tous ceux qu'il affectionne en ce jour grand entre tous.

Chaque communiant indigent avait reçu une large part des mets savoureux, des friandises et des vins fins dont la table allait être couverte. Du reste, Mireille avait pourvu à bien des toilettes, qui sans elle auraient même manqué du nécessaire. Comme la cérémonie de son baptême, celle de sa Communion devait débuter par la charité.

Cette question du repas avait été discutée quelque temps à l'avance. Le comte voulait d'abord qu'il se fît chez lui, mais devant une certaine tristesse qu'il lut sur le visage si ouvert de Paule il s'inclina en disant :

— Si vous jugez bon de nous recevoir chez vous, Mesdemoiselles, nous l'accepterons volontiers.

— Cela serait plus raisonnable, comte, lui avait répondu Mlle Irène. M. le curé pourrait y assister, ainsi que notre jeune amie Alice, Cléguer étant très près du château.

Et devant une table somptueusement servie, où les cristaux et l'argenterie massive des grands jours étincelaient parmi les fleurs, ils se placèrent tous autour de la petite élue du Seigneur qui rayonnait entre Paule et son père.

La famille Kerlan était aussi venue prouver son affection et sa reconnaissance à l'enfant dont la petite main s'était ouverte si généreusement pour elle. Louise avait été mise à la droite du comte.

Marie et Louis n'avaient plus de paroles pour témoigner leur admiration à leur petite amie, qui avait gardé sa blanche toilette. Elle était vraiment délicieuse dans cette virginale mousseline, sous ces roses si parfaitement imitées qui, dégagées du voile, se mêlaient à ses boucles d'un brun doré.

— Est-ce que tu auras toujours une robe longue à présent, Mireille ? osa demander la petite fille.

— Oh ! non, répondit la fillette. C'est ma toilette de cérémonie, vois-tu ; mais demain je reprendrai ma jupe courte.

— Tant mieux ! s'écria Marie comme soulagée. Sans cela, comment aurais-tu fait pour jouer avec nous à *chat-perché* ?

Cette naïve repartie fit rire.

Et cependant le front de Paule s'assombrit encore. Hélas ! dans quelques jours Mireille ne serait plus là pour courir avec sa compagne sur la pelouse !

Roger s'aperçut de cette mélancolie subite, mais il savait aujourd'hui que d'un mot il allait la faire disparaître. Quelle joie il aurait bientôt de prendre sa fille, de la placer entre les bras de la jeune femme en lui disant :

— Soyez vraiment sa mère, et laissez-moi aussi vous témoigner à toutes les deux l'affection profonde qui remplit mon cœur.

— Il me manque encore un ami, ce soir, s'écria soudain Mireille.

— Le bon docteur, n'est-ce pas ? dit Mlle Irène qui présidait en face d'elle, ayant à sa droite leur dévoué pasteur, et M. Kerlan à sa gauche. Il n'a pu venir, à son grand regret, mais il compte bien nous donner toute sa journée dimanche.

— Alors, ce sera encore jour de fête pour tous, dis, papa ?

— Oui, ma chérie ! Cette fois, c'est à Pont-Scorff que nous nous réunirons, et ta joie n'aura pas un nuage : je te le jure !

Que signifiaient ces paroles ? Le comte semblait les jeter à tous, le visage transfiguré.

Un pressentiment joyeux anima cette assemblée amie, et la fin du dîner s'en ressentit. Plus de contrainte, une douce et saine gaieté qui mit en effet une joie dans chaque regard.

En prenant congé de Mlle Irène, l'abbé Doltan lui murmura :

— Votre Paule touche au port du bonheur, chère Mademoiselle ! Dieu a conduit vers elle la colombe de l'arche : bénissons son saint nom.

CHAPITRE VIII

LA FLEUR D'AMOUR

Moins perspicace que le bon abbé habitué à lire depuis tant d'années dans les âmes les plus fermées, Paule n'avait pu renaître à l'espoir après ces paroles mystérieuses dites par le comte la veille.

Et c'est pourquoi, après une nuit un peu fiévreuse, le matin la trouvait encore perplexe.

M. de Peilrac voulait-il passer l'été en Bretagne, ou désirait-il s'y fixer ? C'était la seule solution qu'elle avait trouvée au problème posé devant elle.

Elle n'avait pas voulu comprendre les regards plus tendres de Roger, la douceur de sa voix quand il lui parlait.

— Reconnaissance pour les soins donnés à sa fille, se disait-elle.

Cette perspective de garder Mireille l'enchantait, mais aussi la jetait dans un grand trouble. Cmment fermer la blessure de son cœur si celui qui l'avait faite demeurait toujours à ses côtés ? Par l'absence, elle aurait pu se cicatriser, après bien des souffrances sans doute, mais auxquelles Paule se résignait. En serait-il ainsi maintenant qu'elle le verrait à toute heure ?

Et, de nouveau, un cercle de fer comprimait son front.

Aussi, lorsque sa sœur lui demanda si elle voulait l'accompagner à Lorient où elle se rendait pour des achats, déclina-t-elle l'invitation, sous le prétexte d'un travail à terminer.

Sans faire d'observations, Mlle Irène partit, sereine, avec Mireille et sa gouvernante. La confiance de l'abbé Doltan régnait en elle ; moins prévenue que Paule, elle avait pu librement observer et juger. Or, d'après son intime conviction, le comte aimait sa famille, et, en mère tendre, elle s'en réjouissait.

Un seul point noir à cet horizon qu'elle voyait si rose : le départ de sa sœur. Mais comme tous les dévoués, elle s'efforçait de n'y pas songer, voyant avant tout la félicité de Paule.

La jeune femme s'installa, en effet, dans le petit salon pour achever le grand col qu'elle brodait à Mireille. C'était un superbe dessin Renaissance qu'elle avait formé à l'aide de fins lacets reliés par des points à jour.

Ce travail ne put la retenir longtemps, il ne l'absorbait pas assez ; les pensées sombres affluaient en son cerveau.

Elle se rejeta sur la musique, et se plaça devant le piano. Mais sonates et concertos ne firent que l'attendrir. Quant au chant, elle ne l'essaya même pas, sachant bien que les pleurs jailliraient dès la première parole, et elle ne voulait pas les laisser couler.

— Faisons une promenade, se dit-elle, avec un sourire résigné.

Elle prit sa grande ombrelle et s'enfonça sous les ombrages du parc. Instinctivement attirée par les souvenirs du passé que sa tristesse présente amenait, tout naturellement à son esprit, elle passa encore ce petit pont jeté sur le Scorff, et pénétra dans l'enceinte du château détruit.

Elle s'assit à sa place accoutumée, sous le chêne aux feuilles dentelées, d'un vert tendre. Un rouge-gorge placé à l'extrémité d'une branche y chantait éperdument. De frêles anémones d'or, des pâquerettes rosées frissonnaient à ses pieds à demi cachés dans l'herbe déjà haute.

L'heure était délicieuse sous ces rameaux qui tamisaient les rayons ardents du soleil de l'après-midi. En tout autre moment, Paule en aurait goûté le charme, mais cette idée du mystère était trop tenace en elle. Car une autre préoccupation en avait surgi.

Si M. de Peilrac continuait à résider à Pont-Scorff, quelles conversations malicieuses cette présence si près des Magnolias n'alimenterait-elle pas ?

Paule savait que l'on s'était déjà occupé du comte et d'elle dans leur entourage.

Un matin qu'elle s'était rendue au moulin afin d'y apporter un remède pour le petit Jean qu'un mal de gorge retenait au lit, la mère de l'enfant lui avait parlé très nettement de son mariage prochain avec le père de Mireille.

— Ah ! notre demoiselle, combien j'en serais heureuse ! avait-elle ajouté. Vous êtes si seules, si isolées aux Magnolias ! Puis M. le comte est beau, riche, et enfin vous aimez sa fille quasiment comme la vôtre.

Paule, atterrée, avait laissé Catherine parler sans avoir la force de l'interrompre.

— Qui vous a raconté cette belle histoire ? lui demanda-t-elle enfin.

— On en causait chez la buraliste de Cléguer, et on ajoutait que M. de Peilrac ne pouvait mieux faire, ni vous non plus.

— Vous aurez l'obligeance de démentir ces faux bruits, Catherine ! M. de Peilrac partira très prochainement pour sa propriété de Bayonne, et moi je ne songe nullement à quitter ma sœur.

— Ah ! c'est bien dommage, Mademoiselle. C'était pourtant un bien beau mariage !

Malgré l'ennui d'une pareille découverte, Mlle de Montscorff avait eu un pâle sourire pour l'air désappointé de sa meunière.

Elle savait combien ces braves gens les aimaient et n'y trouvait qu'une preuve d'intérêt, non d'indiscrétion.

Mais à cette heure elle se voyait encore le point de mire des indifférents, des oisifs, des malveillants peut-être, et sa fierté en souffrait.

Pendant qu'elle se livrait à ces réflexions chagrines, M. de Peilrac entrait au château.

Lorsque Thérèse, la femme de chambre, lui eut dit que ces dames, hors Mlle Paule, étaient à Lorient, son visage eut une rapide contraction d'ennui. Il venait à Montscorff pour entretenir la jeune femme de ses projets, mais c'est du gracieux intermédiaire de Mireille qu'il comptait se servir. Il voulait la placer entre Paule et lui : aurait-elle pu le refuser ? C'eût été repousser en même temps cette enfant si chère.

Comme tous les cœurs qui aiment vraiment, Roger devenait timide ; il doutait maintenant de cette affection qu'il avait cru lire dans les yeux francs de Mlle de Montscorff.

Quand Thérèse ajouta que Mlle Paule se promenait dans le parc, un élan irrésistible le porta vers elle. Ayant entrevu sa robe blanche derrière les arbres, il se dirigea du côté des ruines du vieux château.

Absorbée dans ses méditations, la jeune femme ne l'entendit pas marcher sur l'herbe douce, et il put la contempler quelques instants, attendri et charmé.

Qu'elle était gracieuse en cette pose rêveuse ! Sa blonde tête s'auréolait d'un rayon et ses mains fines effeuillaient distraitement quelques brins de clématite sauvage.

Ainsi profilée sur la verdure des vieux chênes, elle semblait une toute jeune fille se reposant tout simplement d'une course trop longue, sans songer à rien. Nul n'aurait pu dire qu'un océan de pensées se heurtaient sous ces cheveux d'or.

Le comte, redoutant d'être surpris dans cet admiratif espionnage, s'avança vivement, et son ombre se projetant en avant, Paule se tourna vers lui. Elle retint un cri de surprise, et une teinte rose lui monta aux joues. Comme elle se levait à demi, dans son embarras extrême :

— Ne vous dérangez pas, de grâce, Mademoiselle ! lui dit Roger. Je regrette de m'être présenté à vous aussi brusquement ; je vous ai effrayée ?...

— Nullement, Monsieur ! fit-elle, reprenant assez d'empire sur ses nerfs pour se dominer complètement.

Et c'est avec cette aisance que donne l'habitude du monde qu'elle continua :

— Mireille est à Lorient avec ma sœur et Yvonne. Je devais rester au château afin de terminer ce col brodé que je lui destine, et voyez comme je m'en occupe !...

Elle riait doucement, en montrant ses dents, qui éclataient, si blanches, entre le corail de ses lèvres.

Le comte s'empressa de saisir l'occasion offerte sans le savoir.

— Oui, vous vous dites sans doute que l'époque fixée pour le départ étant arrivée, il devient imminent !

Les grands yeux qui resplendissaient sous ce rire comme deux fleurs se rembrunirent soudain.

Il vit cette émotion, et d'une voix qu'une anxiété adoucissait encore :

— O Paule ! nous laisserez-vous partir ?...

Elle se releva d'un bond, et joignant ses doigts frêles, un rayonnement au front :

— Vous me la donneriez ?...

— Oui ! Car même avec elle, il me serait trop douloureux de vous quitter.

Elle chancela sous ce bonheur immense, imprévu.

Roger l'enlaça doucement, et l'asseyant sur les lierres, il prit place à son côté, en gardant sa main entre les siennes :

— La reconnaissance m'a de suite attiré vers vous, lui murmura-t-il : vous aviez tant fait pour Mireille ! Puis, peu à peu, mon cœur si malheureux se rattacha à l'existence, sans que je susse d'abord par quelle magie.

— N'aviez-vous pas Mireille ? fit-elle, un peu coquette.

Il secoua la tête.

— Ce n'est pas ma fille seule qui me mettait cette joie dans l'âme, c'est vous, Paule, c'est votre charme exquis, votre inépuisable charité pour toutes les douleurs. Vous m'avez sauvé sans le savoir du vide affreux qui m'affolait : j'ai tant souffert !...

Elle le caressa de son regard où riait tout l'azur du ciel.

— O bien-aimée !... fit-il.

Ils restèrent quelques instants silencieux, les doigts unis, goûtant une plénitude de jouissances qui rachetaient bien des larmes.

— Je devrai donc quitter Irène ! dit soudain la jeune femme avec regret.

— Voulez-vous rester en Bretagne, amie ? Dites-le, vos désirs seront des ordres.

— Ne regretterez-vous pas votre pays natal ?

— Je vous répondrai comme Ruth : où vous serez résidera mon bonheur. Mais j'y pense, pourquoi ne rebâtirions-nous pas ce château de vos ancêtres ?

— Le rêve d'Irène ! s'écria-t-elle, ravie.

— Eh bien ! nous le réaliserons. Et nous jouirons ainsi doublement de la félicité revenue, puisque votre sœur la partagera.

— On ne saurait trop vous aimer !... murmura-t-elle.

Les yeux du comte eurent un éclair de fierté. Il éleva la main qu'il tenait encore jusqu'à ses lèvres en disant aussi :

— On ne saurait trop vous chérir !...

— Rentrons ! dit enfin Paule. Nos voyageuses doivent être revenues, et j'ai hâte de leur annoncer la bonne nouvelle.

— Mireille en éprouvera une joie délirante, répondit Roger ; elle redoutait tant le moment cruel de la séparation ! Elle a pour vous une tendresse égale à celle qu'elle me porte, et je n'en suis pas jaloux, ajouta-t-il en riant.

Il lui offrit son bras, et ils s'en revinrent lentement vers le château.

Comme en ce moment béni qui comblait ses vœux les plus ardents, Paule goûta pleinement l'ivresse de ce beau jour printanier ! Et combien des jours heureux se succéderaient pour elle dans le domaine aimé, entre tous ces êtres chers.

Quel élan de reconnaissance montait de son âme enivrée vers le ciel serein qui semblait partager cette allégresse ! Elle avait souffert, elle avait pleuré, mais vers sa foi qui, flambeau divin, ne s'était jamais éteinte, Dieu avait envoyé dès ce monde l'ineffable consolation.

Comme ils entraient dans le grand salon, la voiture s'arrêtait devant le perron.

Ils se penchèrent à la fenêtre afin d'en voir descendre les trois femmes.

En les trouvant réunis, une clarté dans les yeux, Mlle Irène devina le doux secret. Elle entra vivement dans le salon avec Mireille, pendant qu'Yvonne regagnait sa chambre.

— Embrasse celle qui va devenir vraiment ta mère, chérie ! s'écria le comte en poussant doucement sa fille vers la jeune femme.

— Maman !...

Et avec un cri de triomphe, l'enfant se jeta dans les bras tendus.

— Vous voulez bien me la donner, n'est-ce pas ? demanda-t-il ensuite à la sœur aînée, qu'un attendrissement très naturel rendait silencieuse.

— Oui, mon cher comte ! Et malgré les tristesses de la séparation, je la verrai partir, confiante, à votre bras.

Alors, d'un élan fou, Paule se précipita vers elle.

— Tu ne me perdras pas, ô toi qui fus pour moi la mère la plus tendre, et les hautes tours de Montscorff se dresseront encore parmi les grands chênes.

Mlle Irène, tout exaltée, malgré sa force de caractère, tendit ses mains à Roger qui les baisa avec une respectueuse affection.

— Combien vous êtes digne d'être aimé ! s'exclama-t-elle.

Puis ils expliquèrent à Mireille ce qu'allait être leur vie désormais.

— Je vais donc aussi avoir un papa et une maman ! fit la petite fille, le regard irradié de lumière.

Ces mots, qui prouvaient combien elle avait souffert de sa situation douloureuse, redoublèrent les caresses dont Paule et Roger la comblaient.

Ils se regardèrent émus, infiniment heureux de pouvoir reconstruire le foyer, puisque Dieu, en son infinie bonté, avait fait renaître dans leurs cœurs la douce fleur d'amour.

❀

Deux ans se sont écoulés depuis la Communion de Mireille qui vit éclore tant de joie.

Le château de Montscorff se dresse imposant et superbe, avec son pont-levis, ses tours à mâchicoulis, ses sveltes tourelles, sa porte monumentale que surmontent les écussons des deux maisons alliées. Pour la première fois, les oriflammes se déploient aux extrémités des sept tours, et c'est un heureux événement qu'elles signalent.

Un petit enfant sourit dans son berceau placé

dans une chambre somptueuse et claire du nouveau château. Dieu a béni l'union de Paule et de Roger.

Et Mlle Irène, les yeux extasiés, contemple le cher bébé en qui revivra la race des Montscorff.

Par une délicatesse qui le peignait tout entier, le comte avait fait ajouter ce nom au sien, lorsque le nouveau-né fut déclaré à la mairie de Cléguer, et c'est encore un Paul de Peilrac-Montscorff qui a ouvert ses grands yeux bleus à la lumière.

Mlle Irène n'est pas la seule à contempler, ravie, le doux enfantelet qui lui représente Paule au berceau, Mireille quitte à peine la pièce où repose ce frère attendu avec tant d'impatience, et qui ressemble si intimement à la comtesse. Elle le berce, lui parle avec des mots délicieux qui remuent infiniment le cœur de la mère.

C'est un lien de plus entre elle et Mireille, que ce petit être, car elle ne craint pas la jalousie qui souvent survient entre les enfants de deux mères, elle sait trop combien sa fille est loin de ce sentiment si bas.

Le comte est aussi fier que sa belle-sœur de cet héritier de son nom ; il le pensait destiné à disparaître avec lui, et ce petit espoir souriant dans son berceau lui prouve qu'il brillera encore du même éclat.

Il l'élèvera dans les principes de la religion et de l'honneur, cet enfant déjà si cher, et avec ces deux guides il ne s'écartera pas du droit chemin. N'aura-t-il pas du reste dans les deux familles l'exemple d'une longue lignée d'intègres et de valeureux gentilshommes ?

Et Paule? Comment peindre l'immense félicité de cette âme faite de charité et d'amour ! Elle qui trouvait tant de tendresse en son cœur pour le répandre sur l'abandonnée, quel trésor en découle maintenant pour cet être qui tient à elle par toutes ses fibres !

Ces transports ne peuvent se décrire, il faut les ressentir pour en goûter la plénitude.

Depuis quelques mois seulement la famille de Peilrac-Montscorff réside au nouveau château, elle y est entrée assez à temps cependant pour que le petit Paul y pût naître.

Mlle Irène occupe toujours les Magnolias avec ses fidèles serviteurs ; elle l'a préféré ainsi pour être plus libre, et Paule n'a pas insisté. Les deux châteaux sont si près l'un de l'autre ! Il a suffi à l'aînée des Montscorff que la demeure familiale ait été relevée, et maintenant qu'un enfant de la race y est né, son bonheur est complet.

Ce jour qui voit flotter aux tourelles tant de drapeaux multicolores est celui du baptême de Paul.

Il a fallu attendre les chers amis de Majorque pour cette cérémonie; ils avaient été à la peine, ils devaient être à la joie, à l'honneur. Et c'est M. Falouzza qui accompagnera Mlle Irène : pouvait-on choisir à l'enfant une marraine et un parrain plus dignes de ce beau titre ?

Ah ! que Carmen et Inès, les jolies jumelles, ont vite sympathisé avec Mireille ! De véritables sœurs ne s'aimeraient pas davantage.

Thérésa a été aussi conquise par la grâce et le charme de Paule.

— Je crois revoir Marie, mon cher comte ! a-t-elle dit à Roger, tout ému par les ressouvenirs évoqués. Elle a ses traits charmants, et aussi sa nature exquise. Dieu vous avait bien frappé, mais après les larmes il vous a donné le bonheur idéal, celui que l'on rencontre bien rarement sur cette terre d'exil.

Tous les amis des heureux époux sont donc réunis en la seigneuriale demeure pour cette fête religieuse et intime. Les riches et les puissants de ce monde coudoient les plus humbles, que les nobles cœurs qui s'appellent Paule et Roger n'ont pas écartés en ce jour de douce et fière réjouissance.

La famille Kerlan a été accueillie comme elle le méritait.

M. et Mme des Roulleaux avaient été invités des premiers; le comte n'oubliait pas ce qu'il devait à l'homme sympathique qu'était le sous-préfet de Bayonne.

Le grand âge du Dr Queltin l'avait empêché d'entreprendre ce long voyage, ses vœux seuls sont parvenus, bien sincères, pour le nouveau-né. Mais le Dr Conlau s'était empressé d'accourir avec sa femme.

Par cette splendide journée de juin qui s'allait bien à la joie de tous, Paul de Peilrac-Montscorff, entouré de ses parents ravis, de leurs amis joyeux, fut porté à la petite église, aussi fleurie qu'une serre, pour y recevoir le titre si beau de chrétien, devant lequel tous les siens s'effaçaient.

Ce fut encore l'abbé Doltan qui versa sur la tête du nouveau-né l'eau qui purifie, et lui mit sur les lèvres le sel amer. Symboles d'une vie de foi, de sagesse et d'amour, occupée avant tout à chercher la voie de Dieu, malgré toutes les injustices et les persécutions.

Et la cérémonie achevée, le vénérable prêtre monta dans une des voitures du château afin de prendre sa part des réjouissances de cette famille dont il avait connu les douleurs et les joies.

C'est fête dans la commune tout entière, car cette fois encore le don de joyeux avènement a été royalement payé. Pas un petit enfant de Cléguer à Pont-Scorff qui ne sourie en entendant sonner les cloches vibrantes. Les mères émues s'unirent aussi du fond du cœur à ces heureux ! Ils savaient si bien partager leurs richesses, qu'on ne songeait pas à les envier.

Les châtelains de Montscorff pouvaient lire sans y voir un reproche la magnifique poésie du grand poète sur la charité.

Donnez, riches, l'aumône est sœur de la prière...
Hélas! quand un vieillard sur votre seuil de pierre,
Tout raidi par l'hiver, en vain tombe à genoux ;
Quand les petits enfants, les mains de froid rougies,
Ramassent sous vos pieds les miettes des orgies,
La face du Seigneur se détourne de vous !

FIN

180-11. — Imprimerie P. FERON-VRAU, 3 et 5, rue Bayard, Paris, VIIIe.

www.ingramcontent.com/pod-product-compliance
Ingram Content Group UK Ltd.
Pitfield, Milton Keynes, MK11 3LW, UK
UKHW022129260726
13993UKWH00003B/1316